回望汪曾祺

王干主编

夜读汪曾祺

王 干 著

广陵书社

图书在版编目（ＣＩＰ）数据

夜读汪曾祺 / 王干著. -- 扬州 : 广陵书社,
2016.6 （2020.5重印）
　　（回望汪曾祺 / 王干主编）
　　ISBN 978-7-5554-0565-8

　　Ⅰ. ①夜… Ⅱ. ①王… Ⅲ. ①汪曾祺（1920-1997）
－文学研究－文集 Ⅳ. ①I206.7-53

中国版本图书馆CIP数据核字(2016)第136789号

书　　名	夜读汪曾祺
著　　者	王　干
责任编辑	严　岚
出 版 人	曾学文

出版发行　广陵书社
　　　　　扬州市维扬路 349 号　　　　邮编　225009
　　　　　（0514）85228081（总编办）　85228088（发行部）
　　　　　http://www.yzglpub.com　E-mail:yzglss@163.com

印　　刷	三河市华东印刷有限公司
开　　本	650 毫米 × 940 毫米 1/16
印　　张	12.25
字　　数	106 千字
版　　次	2016 年 6 月第 1 版
印　　次	2020 年 5 月第 4 次印刷
标准书号	ISBN 978-7-5554-0565-8
定　　价	36.00 元

前　言

　　"我们一直呼唤大师，也一直感叹大师的缺席。但有时候我们常常容易忽略大师的存在，尤其是大师在我们身边的时候，我们会选择性地失明。有一个作家去世十八年了，他的名字反复被读者提起，他的作品被反复重版，年年在重版，甚至比他在世的时候，出版的量还要大。我们突然意识到一个大师就在我们身边，而我们却冷淡了他，雪藏了他。他就是汪曾祺。"这是著名评论家王干先生在《被遮蔽的大师——论汪曾祺的价值》里对汪曾祺的评价。

　　"回望汪曾祺"这套丛书，就是回应王干先生并向汪曾祺致敬的一套关于汪曾祺著作和评价的文丛。先期出版五种：《夜读汪曾祺》《人间送小温——汪曾祺年谱》《汪曾祺诗词选评》《汪曾祺论沈从文》《我们的汪曾祺》。

　　《夜读汪曾祺》是著名评论家王干先生三十多年来研究汪曾祺文章的汇编，从多种角度解读汪曾祺为文为人和对中国当代文学的贡献，并由此认为："汪曾祺可以当之无愧被称为20世纪中国的文学大师，他的'大'在于融汇古今、贯通中西，将现代性和民族性成功融为一体，将中国的文人精神与民间的文化传统有机地结合，成为典型的中国叙事、中国腔调。他的价值是中国文学和文化的瑰宝，随着人们对他认识的深入，其价值越来越弥足珍贵，其光泽将会被时间磨洗得越发明亮迷人。"《人间送小温——汪曾祺年谱》是徐强先生花费多年心血研究整理的国内首部完整的汪氏年谱，具有极高的文献价值。《汪曾祺诗词选评》是金实秋先生对汪曾祺的诗词楹联的点评，有的诗词楹联还是第一次正式出版。《汪曾祺论沈从文》是刘涛先生对汪曾祺怀念老师沈从文的十余篇文章的解读。《我们的汪曾祺》由苏北先生选编，是国内文化名人、作家、评论家、读者怀念和评价汪曾祺的文章的一次集中展示。

　　我们回望汪曾祺，是因为汪曾祺的文学作品越来越受到读者的推崇和喜爱，并无可争议地成为当代文学大师。也正如王干先生所说："当中国文学回归理性，民族文化的自信重新确立的时候，汪曾祺开始释放出迷人而灼热的光芒来。"

广陵书社编辑部

读着汪曾祺老去

汪曾祺的作品好像更适合晚间阅读，他的作品释放着光辉，但不是灼热的阳光，更不是熊熊的火光，也不是鲁迅作品那种凛冽的寒光。汪曾祺的文字如秋月当空，明净如水，一尘不染，读罢，心灵如洗。

我读到汪先生的作品，最早是在"文革"期间，是他的旧作《王全》。刚刚进入青春期的我，又逢上烈火灼心的红色岁月，内心焦躁、愤懑，一个暑假的炎热夜晚，忽然在《人民文学》旧刊上读到汪曾祺的文字，忽然平静下来，夏夜也变得平静温和。

在夜晚阅读汪曾祺，自然是一种享受，开卷慢慢进入，心也渐渐平静。故乡，邻里，同事，亲友，陌生的街道和熟悉的老屋，昆明的警报和上海的星期天，高邮的河流和北京的安乐居，都是作家笔下的轻盈的笔墨意象。

真正全方位的阅读是汪曾祺在上个世纪80年代发表了《异秉》之后，我起初按照一个小说初学者的态度去模仿、借鉴，久而久之，由于热爱导致虔诚，慢慢变成了一种修行，这"修行"的结果就是发现汪曾祺的小说诸多潜在的美和潜在的价值，这些价值和美的发现比我写作小说或许要有意义得多。于是我从浅阅读变成了深阅读，开始研读，1986年发表在《读书》上的《"淡"的魅力》便是这种阅读的第一份心得，实际上也是第一次和汪曾祺面对面的印象记录。之后，我和汪曾祺先生有了更多的交往，但那时的阅读更多的在"读"人的层面，几篇印象记和他去世之后的怀念文章，记述的是交往的趣事和轶事，那时对人的解读重于对文本的解读。

这几年，因为工作的需要，我在《小说选刊》"经典回望"的栏目里首推《岁寒三友》，并写了《难得的暖意》的赏析文章，受到了读者和专家的称赞，于是一发不可收，写下了一系列的解读文字，或宏观，或微观，或文学，或书画，把在心里揣摩多年的一些想法慢慢呈现出来。再加上之前的文字，居然可以辑集出版了，这其中还包含30年前与他人合作的文字，一并收入其中。书名取为《夜读汪曾祺》，是因为前面说过汪先生的文字，适合夜读，而我这些文字基本也在夜间形成。作为一个阅读者，我是专业的，长期从事编辑工作，阅读是职业习惯，而作为一个写作者，我始终是业余的，从30年前的高邮夜晚，到30年后的北京夜晚，从钢笔手写到电脑敲键盘，没有懈怠，不敢懈怠，在读和写的乐趣中找到自己。

2016年的5月12日，距汪曾祺先生的忌日5月16日还有几天，我带着几个学生去西山的福田公墓祭奠他。这源于鲁迅文学院的学生要拜师，鲁院采用导师制，我是导师，所以要带几个学生。其实文学不是工匠，是不容易传承的。文学的传承在于交流。但学生的认真，让我想起我的精神导师汪曾祺先生。于是我们相约前去拜谒，一起去拜汪先生为师。我准备了汪先生之前喜欢的香烟、酒和茶叶，学生则预备了鲜花。前一天，暴雨大作，我担心第二天仍然下雨，等我们来到福田公墓的时候，雨渐渐小了，然后停止。风大起来，把我们的头发飘起，在湛蓝湛蓝的天空中，留下追随者的剪影。

说我是读汪曾祺长大的，这话有点流俗，但说我读汪曾祺变老，虽然有点感伤，却是无可改变的事实，读着汪曾祺老去，一天天变老，也是不懊悔的事情。76岁的汪曾祺已经定格在那里，而我在一天天地向他这个年龄接近，然后超越。而且，在我活得比他更老之后，更老的我还会读他，读汪曾祺，读高邮的汪曾祺，读扬州的汪曾祺，读中国的汪曾祺。他的文字永在，我们的阅读也永在，无论白天和夜晚。

2016 年 6 月 3 日于润民居

目 录
CONTENTS

1946 年的汪曾祺

被遮蔽的大师
——论汪曾祺的价值

我们一直呼唤大师，也一直感叹大师的缺席。但有时候我们常常容易忽略大师的存在，尤其是大师在我们身边的时候，我们会选择性地失明。有一个作家去世十八年了，他的名字反复被读者提起，他的作品被反复重版，年年在重版，甚至比他在世的时候，出版的量还要大。我们突然意识到一个大师就在我们身边，而我们却冷淡了他，雪藏了他。

他就是汪曾祺。

翻开当代文学史，他的地位有些尴尬，在潮流之外，在专章论述之外，常常处于"还有"之列。"还有"在文学史的编写范畴中，常常属于可有可无之列，属于边缘，属于后缀性质。

总之，这样一个大师被遮蔽了。

汪曾祺为什么会被遮蔽？有其现实的合理性。纵观这些年被热捧的作家常常是踩到"点"上，引发了人们的关注和围观。那么这个"点"是什么，"点"又是如何形成的？

形成中国文学的"点"，大约由两个纵横价值标杆构成。纵坐标是沿袭已久的革命文学传统价值，横坐标则是外来的文学标准。在 1978 年以前这个外来标准，是由苏联文学的传统构成，稍带一点俄罗斯文学的传统，比如列宁肯定过的"俄国革命的一面镜子"托尔斯泰等；而 1978 年以后的外来标准则偏重欧美现代主义文学体系。而汪曾祺的作品，则恰恰在这两个价值标杆之外。

先说革命文学传统。这一传统在鲁迅时代已经形成，这就是"遵命文学"，鲁迅在《呐喊》的自序里明确提出要遵命，遵先驱的命。之后发展起来的新文学传统，将"遵命文学"的呐喊精神和战斗精神渐渐钝化，慢慢演化为配合文学，配合政治，配合政策，配合运动，到 20 世纪 60 年代开始发展到极致，最后变成了所谓的"阴谋文学"。改革开放以后的新时期文学，出现了"伤痕文学""反思文学""改革文学"，这些思潮在历史的进程中发挥着巨大的作用，而汪曾祺的创作自然无法配合这些重大的文学思潮，因而就有了"我的作品上不了头条"

青年时代汪曾祺

的感慨。汪曾祺对自己作品在当时价值系统里有一个清醒的认识，他说他的作品上不了头条。"头条"在中国文学期刊就是价值的核心所在。"我的作品和政治结合得不紧"，"不是也不可能成为主流"，"我的作品和我的某些意见大概不怎么招人喜欢"，"三十多年来，我和文学保持着若即若离的关系"，这些话正好说明汪曾祺在文坛被低估的原因。苏北在《汪曾祺二三事》一文中曾经记述了汪曾祺和林斤澜的一段往事：

　　晚上程鹰陪汪、林在新安江边的大排档吃龙虾。

啤酒喝到一半，林忽然说："小程，听说你一个小说要在《花城》发？"

程鹰说："是的。"

林说："《花城》不错。"停一会儿又说，"你再认真写一个，我给你在《北京文学》发头条。"

汪丢下酒杯，望着林："你俗不俗？难道非要发头条？"林用发亮的眼睛望着汪，笑了。

汪说："我的小说就发不了头条，有时还是末条呢。"

叶兆言在谈到汪曾祺的作品时一段话很有意思："如果汪曾祺的小说一下子就火爆起来，结局完全会是另外一种模样。具有逆反心理的年轻人，不会轻易将一个年龄已不小的老作家引以为同志。好在一段时间里，汪曾祺并不属于主流文学，他显然是个另类，是个荡漾着青春气息的老顽童，虽然和年轻人的方式完全不一样，然而在不屑主流这一点上找到共鸣。文坛非常世故，一方面，它保守，霸道，排斥异己，甚至庸俗；另一方面，它也会见风使舵，随机应变，经常吸收一些新鲜血液，通过招安和改编重塑自己的形象。毫无疑问，汪曾祺很快得到了年轻人的喜爱，而且这种喜爱可以用热爱来形容。"汪曾祺不属于主流，主流自然也不属于他，他被文学史置于不尴不尬的位置也就很自然了。

这也是目前的文学史对汪曾祺的评价过低的第一个原因。革命文学传统语境中的文学史评判规则所沿袭的苏联模式，简单地说就是政治标准第一，艺术标准第二。也就是说以革命的价值多寡来衡量作品的艺术价值。"上不了头条"的汪曾祺自然就难以占据文学史的重要位置，汪曾祺很容易被划入到休闲淡泊的范畴，容易和林语堂、梁实秋、周作人为伍，只能作为文学的二流。

长期以来新文学的评判标准依赖于海外标准。这个海外标准就是苏联的文学价值体系和西方文学，尤其是以现代派文学的价值体系为主、外加派生出来的汉学家评价系统所秉持的标准。汉学家的评价系统是通过翻译来了解中国的文学作品的。而汪曾祺正好是最难以翻译的中国作家之一，渗透在他作品中的中国气息和中华文化，是通过他千锤百炼的语言精华来体现的。而翻译正好将这样的精华过滤殆尽，汪曾祺的小说如果换成另一种语言就难以传达出韵味来，而在故事的层面汪曾祺的小说是没有太多的竞争力的。因为汪曾祺奉承的就是"写小说就是写语言"。而翻译造成的语言的流失，无异于釜底抽薪。而汪曾祺在这两个标准中都没有地位，是游离的状态，以苏联的红色标准来看汪曾祺的作品，无疑是灰色。

1978 年新时期以来的西方现代主义热潮为何又将汪曾祺置于边缘呢？

这要从汪曾祺的美学趣味说起。汪曾祺无疑受到西方现代主义文学的巨大影响，但汪曾祺心仪的作家正好是国内现代主义热潮中不受追捧的阿索林，他写过一篇《阿索林是古怪的》，称"阿索林是我终生膜拜的作家"，在《谈风格》说到阿索林："他是一个沉思的、回忆的、静观的作家。他特别擅长于描写安静，描写在安静的回忆中的人物的心理的潜微的变化。他的小说的戏剧性是觉察不出的戏剧性。他的'意识流'是明澈的，覆盖着清凉的阴影，不是芜杂的、纷乱的。热情的恬淡，入世的隐逸。"而 20 世纪 80 年代一般人认为的现代派常常是喧嚣的、颓废的、疯狂的、不带标点符号的，叛逆而不羁，泥沙而俱下。我们从当时走红的两篇被称为"现代派"代表作的小说《你别无选择》《无主题变奏》的走红，就可以看出它恰恰是纷乱的、芜杂的、炎热的，宗旨是不安静的。之后出现的以《百年孤独》引发的拉美文学热，那种魔幻和神奇以及混合在魔幻、神奇之间拉美土地的政治苦难和民族忧患，好像也是汪曾祺的作品难以达到的。

而汪曾祺所心仪膜拜的西班牙作家阿索林在中国的影响，就远远不能和那些现代主义的"明星"相比了。这位出生于 1875 年、卒于 1966 年的西班牙作家，在民国时期被译作"阿左林"，戴望舒和徐霞村合译过他的《塞万提斯的未婚妻》，卞之琳翻译过《阿左林小集》，何其芳自称写《画梦录》时曾经受到阿左林的影响。但即便如此，阿索林在中国翻译的外国作家里，还是算不上响亮的名字，很多研究现代文学的人也不见得了解多少，至今关于他的论文和随笔译成中文的也就 20 篇左右。阿索林在中国的冷遇，说明了汪曾祺在相当一段时间内偏安一隅的境地是可以理解的。设想如果没有泰戈尔在中国的巨大影响，怎会有冰心在现代文学史的崇高地位呢？

汪曾祺游离于上述两种文学价值体系之外，不在文学思潮的兴奋"点"上，也就不难理解了。而今他在读者和作家中的慢热，持久的热，正说明文坛在慢慢消退浮躁，夸张的现出原形，扭曲的回归常态，被遮蔽的放出光芒。当中国文学回归理性，民族文化的自信重新确立的时候，汪曾祺开始释放出迷人而不灼热的光芒来。

汪曾祺的光芒来自于他无人能替代的独特价值。汪曾祺的价值首先在于连接了曾经断裂多时的中国现代文学和当代文学。现当代文学之间的断裂是历史造成的，现代文学史上的作家在新中国成立后鲜有优秀作品出现，原因很多，有的是失去了写作的权利，有的是为了配合而失去了写作个性和艺术锋芒。郭沫若、茅盾、巴金、曹禺等大师虽然有写作的可能，但艺术上乏善可陈，而老舍唯一的经典之作《茶馆》，按照当时的标准是准备作为废品丢弃的，幸亏焦菊隐大师慧眼识珠，才免了一场经典流失的事故。而新中国成立后出现的作家，在文脉上是刻意要和"五四"文学划清界限的，因而当代文学与现代文学隔着一道鸿沟。汪曾祺是填平这道鸿沟的人，不仅是跨越了两个时代的写作，更重要的是汪曾祺将两个时代天衣无缝地衔接在一起，而不像其他作家在两个时代写出不同的文章来。早年的《鸡鸭名家》和晚年的《岁寒三友》放在一起，是同一个汪曾祺，而不像《女神》和《放歌集》，是两个截然不同的郭沫若。最有意味的是，汪曾祺还把他早年的作品修改后重新发表，比如《异秉》等，这一方面表现了他艺术上的精益求精，同时也看出他愿意把现代文学和当代文学进行有效的缝合。这种缝合，不是言论，而是他自身的写作。

现在人们发现汪曾祺在受到他尊重的沈从文先生的影响外，还受到了"五四"时期另一个比较边缘化的作家废名的影响。废名是一个文体家，不过他在现代文学史上的境遇不仅不如沈从文，连前面说到的二流也够不上。但废名在小说艺术上的追求、对汉语言潜能的探索不应该被忽略。而正因为汪曾祺优雅而持久的存在，才使得废名的名没有废，才使得废名的作品被人们重新拾起，才使得文学史有了对他重新估评、认识的可能。这是对现代文学史的最好传承和张扬。布鲁姆在《影响的焦虑》一书中，曾经说到这样一个观点：不是前人的作品照亮后人，而是后人的光芒照亮了前人。汪曾祺用他的作品重新照亮了沈从文，照亮了废名，也照亮了文学史上常常被遮蔽的角落。

　　人们常常说到汪曾祺受到沈从文的影响，而很少有人意识到"青出于蓝而胜于蓝"。如果就作品的丰富性和成熟度而言，汪曾祺已经将沈从文的审美精神进行了扩展和延伸，发展到一个新的高峰。沈从文的价值在于对乡村的抒情性描写和摒弃意识形态的叙事态度，他从梅里美、屠格涅夫等古典主义作家那里汲取营养，开创了中国风俗小说的先河。汪曾祺成功地继承了老师淡化意识形态的叙事态度和诗化、风俗化、散文化的抒情精神，但汪曾祺将沈从文的视角从乡村扩展到市井，这是一个了不起的创举。一般来说，对乡村的描写容易产生抒情、诗化意味，在欧洲的文学传统和俄罗斯文学的巨星那里，对乡村的诗意描绘已经有着庞大的"数据库"。在中国文学传统里，虽然没有乡土的概念，但是中国的田园诗歌以及由此派生出来的山水游记、隐士散文，对乡村的诗意描绘和诗性想象也有着深厚的传统积淀。而对于市井来说，中国文学少有描写，更少诗意的观照。比如《水浒传》，作为中国第一部全方位描写市井的长篇小说，取得了卓越的成就。但《水浒传》里的市井很难用诗意来描写，这是因为市井生活和乡村生活相比，有着太多的烟火气，有着太多的世俗味。但生活的诗意是无处不在的，人们常常说"不是生活缺少诗意，而是缺少发现诗意的眼睛"。汪曾祺长着这样一双能够发现诗意的眼睛，他在生活当中处处能够寻觅到诗意的存在。好多人写汪曾祺印象时，会提到他那双到了晚年依然充满着童趣和水灵的眼睛。眼睛是心灵的外化。汪曾祺那双明亮、童心的眼睛让他在生活中发现了一般人忽略或不以为然的诗意。像《大淖记事》《受戒》这类乡村生活的题材自然会诗意盎然，当然在汪曾祺的同类题材作品中，这两篇的诗意所达到的灵性程度和人性诗意也是同时代作家无人能及的。而在《岁寒三友》《徙》《故里三陈》等纯粹的市井题材的小说中，汪曾祺让诗意润物细无声地渗透到日常生活的

炯炯有神的老"孩童"

每一个角落。当然，或许有人说，描写故乡生活的"朝花夕拾"，容易带着记忆和回忆的情感美化剂，容易让昔日的旧人旧事产生温馨乃至诗意的光芒，因为故乡是人的心灵出发点，也是归宿点。但当你打开汪曾祺的《安乐居》《星期天》《葡萄月令》等以北京、张家口、昆明、上海为背景的作品，还是感到那股掩抑不住的人间情怀、日常美感。汪曾祺能够获得不同文化层次、不同地域读者的喜爱，是有道理的。市井，在汪曾祺的笔下获得了诗意，获得在文学生活中的同等地位，而不再是世俗的代名词，而是人的价值的体现。汪曾祺自己意识到这种市井小说的价值在于"人"的价值，他说，"'市井小说'没有史诗，所写的都是小人小事。'市井小说'里没有'英雄'，写的都是极其平凡的人。'市井小说'嘛，都是'芸芸众生'。芸芸众生，大量存在，中国有多少城市，有多少市民？他们也都是人。既然是人，就应该对他们注视，从'人'的角度对他们的生活观察、思考、表现。"可惜这样的文学创造价值被人忽略太久。

就语言的层面而言，沈从文可谓达到了炉火纯青的地步，他的叙述语言和人物语言都是那么的精确和自然。但不难看出，沈从文的小说语言显然带着新文学以来的痕迹，这个痕迹就是西方小说的文体，当然这就造成新文学的文体与翻译的文体形成了某种"同构"。在白话文草创时期，新文学的写作自然会下意识地接受翻译文体的影响，像鲁迅的小说语言和他翻译《铁流》的文体是非常相像的。沈从文在同时代的作家中，是对翻译文体过滤得最为彻底的作家，但毋庸置疑，沈从文的小说语言虽然带着浓郁的中国乡土气息和民间风味，也带着"五四"新文学的革新气息，但读沈从文的作品，很少会去联想到中国的古典文化和中国的文人叙事传统。而汪曾祺比之沈从文，在语句上，平仄相间，短句见长，那种比较欧化的长句几乎没有，读汪曾祺的小说，很容易会想到唐诗、宋词、元曲、笔记小说、《聊斋》《红楼梦》，这是因为汪曾祺自幼受到中国古典文化的熏陶，对中国文化的传统有着切身的体验和感受，比沈从文的野性、原生态要多一些文气和典雅。作为中国小说的叙事，在汪曾祺这里，完成古今的对接，也完成了对翻译文体的终结。翻译文体对中国文学的影响由来已久，也促进了中国新文学的诞生，但是翻译文体作为舶来品，最终要接上中国文化的地气。汪曾祺活在现代文学和当代文学之间，历史造就了这样的机会，让人明白什么是真正的"中国叙事"。尤其是 1978 年以后，中国文学面临着重新被欧化的危机，面临着翻译文体的第二潮，汪曾祺硕果仅存地提醒着意气风发一心崇外的年轻作家，"回到现实主义，回到民族传统"。汪曾祺作为"现代"文学的过来人，在当代文学时期仍然保持旺盛的创作力，他不是那种只说不练的以前辈自居的过来人，他的提醒虽然不能更正一时的风气，但他作品的存在让年轻人刮目相看、心服口服。

汪曾祺的另一个价值在于他的作品激活了传统文学在今天的生命力，唤起人们对汉语言文字的美感。早在80年代现代主义文学风起云涌的时候，他在各种场合就反复强调"回到现实主义，回到民族传统"，当时看来好像有点不合时宜，而现在看来却是至理名言，说出了中国文学的正确路径。时过30多年，当我们在寻找呼唤"中国叙事"时，蓦然回首，发现汪曾祺已经为我们提供了经典的文本。汪曾祺通过他的创作唤醒了沉睡已久的汉语美感，激发了那些隐藏在唐诗、宋词、元曲之间的现代语词的光辉，证明了中华美文在白话文时代同样可以熠熠生辉。传统文化的影响和传承渗透在汪曾祺作品的每一个角落，他的触角在小说、散文之余遍及戏剧、书画、美食、佛学、民歌、考据等诸多领域，他的国学造诣润物细无声地滋润着读者。对这方面的成就已经有很多人论述过，我不再赘述。

汪曾祺的价值还在于打通了文学创作与民间文学的内在联系，将知识分子精神、文人传统、民间情怀有机地融为一体。"五四"以来的新文学运动，是现代知识分子对旧的文化的一次成功改造。由于"五四"作家大多有着深厚的古典文学底蕴，他们的作品虽然都是拿来主义的色彩比较浓，但因国学融入到

血液之中，他们的作品并不是白开水式的无味。但毋庸置疑，
"五四"以来的文学存在着过于浓重的文人创作痕迹，不接地
气。汪曾祺早期的小说，也带着这样的痕迹。而建国之后的小
说，则发生了巨大变化，他的小说文气依旧，但接地气、通民间，
浑然天成。这种"天成"，或许是被动的，因为新中国成立后
的文艺政策以毛泽东《在延安文艺座谈会上的讲话》为准绳，
讲话的一个核心内容，就是文艺家要向民间学习，向人民学习。
这让汪曾祺和同时代的作家必须放下文人的身段，从民间汲取
养分，改变文风。而汪曾祺得天独厚，他和著名农民作家赵树
理在《说说唱唱》编辑部共事五年，赵树理是当时文学界的一
面旗帜，又是汪曾祺的领导（赵树理是主编，汪曾祺是编辑部
主任），汪曾祺自然会受到赵树理的影响，汪曾祺后来曾著文
回忆过赵对他的影响。而《说说唱唱》具体的编辑工作，又让
他有机会阅读了大量来自全国各地的民间文学作品，据说有上
万篇。时代的风气，同事的影响，阅读的熏陶，加之汪曾祺天
生的民间情怀（早年的《异秉》就是市井民间的写照），让他
对民间文学产生了浓厚的兴趣，并且融入到自己的创作之中。
而 1957 年在反右运动中被划成右派"发配"到远离城市的张家
口乡村之后，更加体尝到民间文化的无穷魅力。

　　他的一些小说章节改写自民间故事，而在语言、结构的方

面处处体现出民间文化的巨大影响。已经有一些研究者对汪曾祺所呈现出来的民间文化的特点进行了多方面的研究。也许汪曾祺的"民间性"不如赵树理、马烽、西戎等人鲜明，但汪曾祺身上那种传统文化的底蕴是"山药蛋派"作家难以想象和企及的。雅俗文野在汪曾祺身上得到高度和谐的统一，在这方面，汪曾祺可以说是当代文学第一人。

汪曾祺可以当之无愧被称为 20 世纪中国的文学大师，他的"大"在于融汇古今、贯通中西，将现代性和民族性成功融为一体，将中国的文人精神与民间的文化传统有机地结合，成为典型的中国叙事、中国腔调。他的价值是中国文学和文化的瑰宝，随着人们对他认识的深入，其价值越来越弥足珍贵，其光泽将会被时间磨洗得越发明亮迷人。

翰墨丹青　隔行通气

——汪曾祺的书画美学

　　如果不阅读汪曾祺的书画作品，是很难完整地理解汪曾祺的艺术世界的。汪曾祺被人们称之为"最后一个士大夫"，不仅指他的精神情怀，也包含他的身手和技艺。汪曾祺是杰出的小说家、散文家、戏剧家、美食家，同时还是优秀的书画家。中国书协副主席林岫先生在回忆与汪曾祺的交往时说道，"有次在军事博物馆书画院参加京城书画家公益笔会，会后席间书画家闲聊，笔者谈及汪先生的国画小品，又用了'可亲可爱'四字，大画家汤文选先生问'何以"可亲可爱"'，笔者遂略述数例，举座服之，汤先生笑道：'确实可亲可爱。只是汪先生低调不宣，画人大都不知……'"林岫先生说的是实情，甚至直到现今汪先生的书画作品的市价也不如一些二流的书画家高，甚至一些在世的作家的书画作品也超过他。虽然市价不是衡量艺术品的标准，但在某种程度上低调的汪曾祺确实也是被高调的社会文化遮蔽了。

林岫先生作为当代书画大师，对汪曾祺先生的书画作品有着深刻的体味和独到的理解，"汪先生写书法作品，很随意，没这样那样繁琐的讲究，只要'词儿好'。逢着精彩的联语或诗文，情绪上来便手痒，说'这等美妙诗文，不写，简直就是"浪费"'。汪先生本有散仙风度，书擅行草，虽然走的是传统帖学路子，但师古习法从不肯规循一家。其书内敛外展，清气洋溢，纵笔走中锋，持正瘦劲，也潇洒不拘，毫无黏滞，颇有仙风道骨。问其学书来路，答'一路风景甚佳，目不暇接，何须追究'；见其大字，撇捺舒展如猗猗舞袖，问'可否得力山谷（黄庭坚）行草'，答'也不尽然'；问'何时写作，何时书画'，答'都是自由职业，各不相干，随遇而安，统属自愿'；问'如何创作易得书画佳作'，答'自家顺眼的，都是佳作。若有好酒助兴，情绪饱满，写美妙诗文，通常挥毫即得。若电话打扰，俗客叩门，扫兴败兴，纵古墨佳纸，也一幅不成。'"

林岫记录了当时交往的对谈，极为珍贵。汪曾祺关于文学的访谈较多，谈自己文学作品的文章也多，说自己书画作

创作中的汪曾祺

品却很少。现在作家喜爱书画创作的不少，但都是朝着文人书画或名人书画的方向努力，也就是说书画并不是他们少年的理想。汪曾祺的书画是有童子功的，不是成名之后才对书画感兴趣的。可以这样说，汪曾祺的最早创作是书画。根据一些相关资料记载，汪曾祺在很小的时候，祖父汪嘉勋就指导他练习书法，大字写《圭峰碑》，小字写《闲邪公家传》。父亲汪菊生热爱书画，汪曾祺从小就受到父亲的影响，喜欢画画，尤其喜欢看父亲画画。在高邮县立第五小学读书期间，汪曾祺遇上敬业精神强且功力深厚的周席儒先生，在他的严格要求和指导下，汪曾祺的基础打得很扎实。汪曾祺的文学天赋和书法才能，很快得到了祖父汪嘉勋与父亲汪菊生的器重，他们聘请本地两位名流指导汪曾祺。一位是张仲陶先生，指导汪曾祺学《史记》；另一位是韦子廉先生，指导汪曾祺学"桐城派"古文、书法。如果不是后来在西南联大遇到沈从文先生，汪曾祺也许会成为沈鹏那样的书法大师。有意思的是，汪曾祺和沈鹏同样是江阴南菁中学的学生，而上个世纪50年代后期，沈鹏作为文化部的干部下放到高邮一沟乡，来到了汪曾祺的故乡，或许为他后来的艺术生涯作了神秘的铺垫。这是另外一个话题，容笔者择机再述。

　　书画美学对汪曾祺的影响，首先体现在他创作的选材上。

汪曾祺在作画

汪曾祺直接描写书画家生活的小说就有《金冬心》《鉴赏家》《岁寒三友》三篇。《金冬心》直接以"扬州八怪"的代表人物金农作为主人公，写出了他与袁子才等的交往，并通过一场豪宴展示当时的文人文化和饮食文化。而《岁寒三友》写市民阶层的画师靳彝甫与另外两个朋友的生存状态和仁义友情，小说的题目也是中国书画最常见的主题，且汪曾祺以松竹梅三种中国文人最爱画的意象来暗示人物的性格和命运，小说一波三折，画意和文意达到了高度的融合。《鉴赏家》与其说汪曾祺塑造了一个独特的鉴赏家叶三的形象，还不如说是汪曾祺通过小说直接来表达自己的书画美学。这篇小说写水果贩子叶三和大画家季匋民的知音之遇，是草根与精英灵犀相通的故事，也是汪曾祺的书画美学宣言。从小说的文本来看，这篇小说可以说是汪曾祺的夫子自道，作家幻化成两个人物在对话，在追求艺术的理想境界。画家季匋民是汪曾祺的化身，鉴赏家叶三也是汪曾祺的化身。小说中的这一段对话很有意思：

　　叶三只是从心里喜欢画，他从不瞎评论。季匋民画完了画，钉在壁上，自己负手远看，有时会问叶三：

　　"好不好？"

　　"好！"

　　"好在哪里？"

　　叶三大都能一句话说出好在何处。

　　季匋民画了一幅紫藤，问叶三。

　　叶三说："紫藤里有风。"

　　"唔！你怎么知道？"

　　"花是乱的。"

　　"对极了！"

　　季匋民提笔题了两句词：

深院悄无人，风拂紫藤花乱。

如果看过汪曾祺的书画集，不难看出，这里面带着他自己的影子。《红楼梦》最早以篇名"石头记"传世时，曾经有署名脂砚斋的人，为其作批注，迷倒了多少人，也迷惑多少人。这里的叶三就是脂砚斋式的点评。熟悉汪曾祺先生的林岫说，汪曾祺画兰草，题"吴带当风"；画竹，题"胸无成竹"；画紫藤，题"有绦皆曲，无瓣不垂"；画凌霄花，题"凌霄不附树，独立自凌霄"；画秋荷，题"残荷不为雨声留"；画白牡丹两枝，题"玉茗堂前朝复暮，伤心谁续牡丹亭"；画青菜白蒜，题"南人不解食蒜"……皆画趣盎然，语堪深味。这种题款方式，明显是汪曾祺式的，或者是汪曾祺身体力行的理想方式。

《鉴赏家》同时还传达了汪曾祺的书画价值观，金钱有价，艺术无价。小人物叶三得到了季匋民赠送的不少精品，季匋民去世后，价格疯涨，尤其在海外、在日本拥有很大的市场，但叶三坚决不出手，多少钱也不出手。虽然作为果贩的叶三生活并不宽裕，但他至死也没有贩卖季匋民的作品，而叶三死后，他的儿子将季匋民的精品放进了叶三的棺材，一起埋了。知音，热爱，艺术，遂成绝唱。这对我们今天的收藏热、鉴赏热、拍卖热仿佛是一个提前的批判。

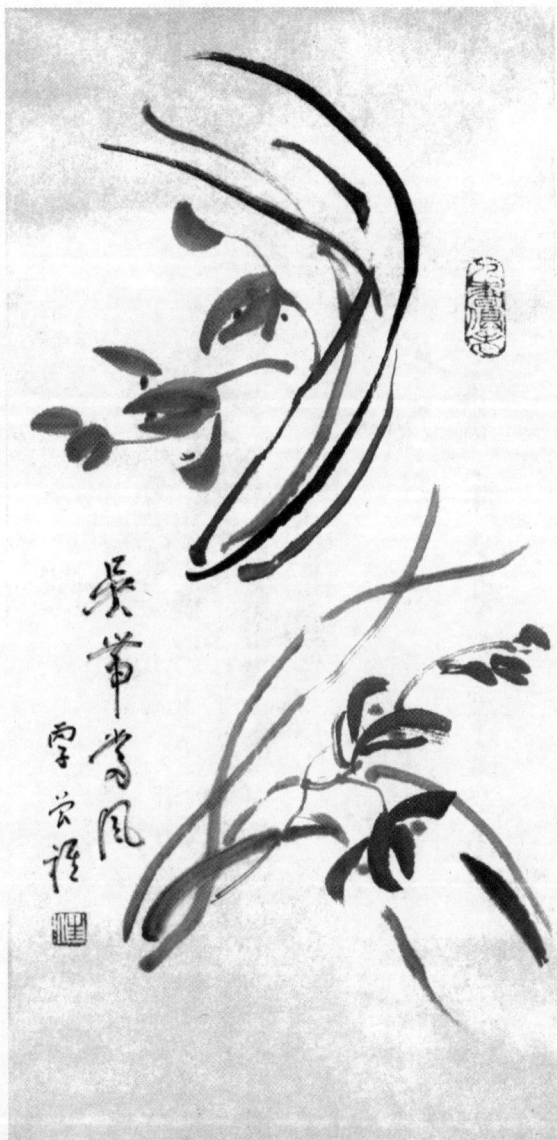

吴带当风
丙子 曾祺

胸无成竹

一九九二年十一月十九日　酒后偶画

有绦皆曲，无瓣不垂。

丙子秋　曾祺

凌霄不附树，独立自凌霄。

丙子清明后二日　汪曾祺

残荷不为雨声留

辛未秋深

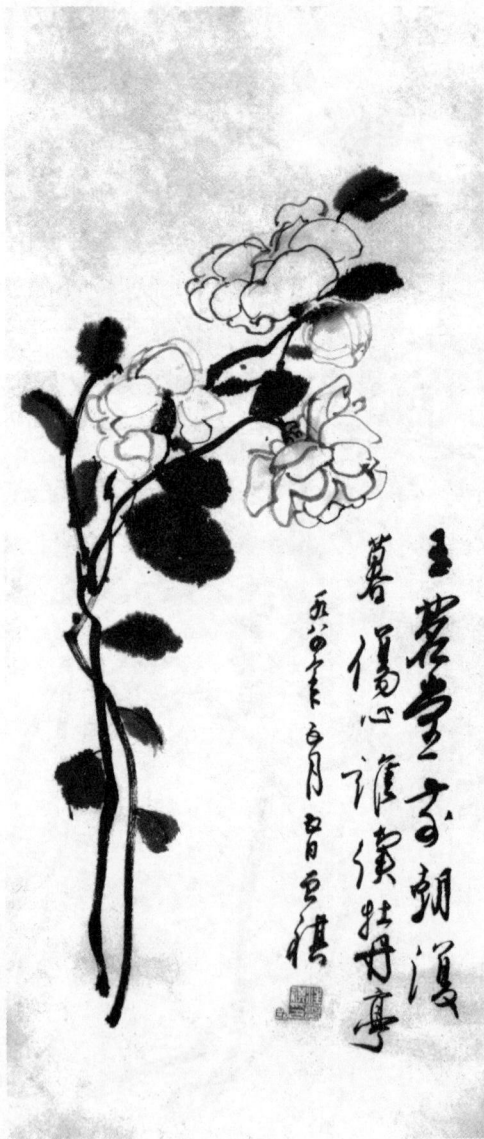

玉茗堂前朝复暮，
伤心谁续牡丹亭。
一九八四年五月五日　曾祺

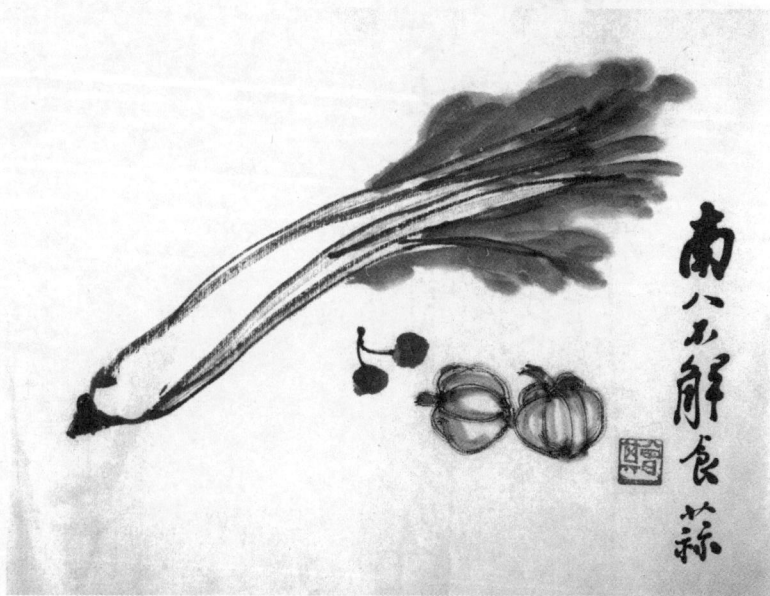

南人不解食蒜

秋色无私到草花
一九八六年九月　曾祺写

　　汪曾祺的书画创作受到中国传统文化的巨大影响，特别是中国文人书画传统的影响。由于出生在江苏高邮，且晚清"扬州八怪"的艺术流韵在当地根深蒂固，源远流长，汪曾祺的书画对"扬州八怪"的精神充满了向往，并潜心追随、诚心师化。在《鉴赏家》里，他通过季匋民的视角来书写自己的艺术理想："季匋民最爱画荷花。他画的都是墨荷。他佩服李复堂，但是画风和复堂不似。李画多凝重，季匋民飘逸。李画多用中锋，季匋民微用侧笔——他写字写的是章草。李复堂有时水墨淋漓，粗头乱服，意在笔先；季匋民没有那样的恣悍，他的画是大写意，但总是笔意俱到，收拾得很干净，而且笔致疏朗，善于利用空白。他的墨荷参用了张大千，但更为舒展。他画的荷叶不勾筋，荷梗不点刺，且喜作长幅，荷梗甚长，一笔到底。"汪曾祺对季匋民的荷花分析得如此细腻和准确，不仅体现了他高深的绘画修养，同时也是汪曾祺的绘画创作的内在追求。小说人物季匋民的原型取自高邮的画家王匋民，是和刘海粟同时代的大画家。笔者曾经见过王匋民的荷花作品，也见过汪曾祺创作的《荷塘月色》，这里说的境界，就是汪曾祺的绘画境界的自我写照。与其说季匋民佩服李复堂，不如说汪曾祺佩服李复堂，这也是汪曾祺没有使用王匋民原名的原因，因为王匋民的作品有不少是山水长幅，而李复堂则以花鸟胜。汪曾祺的绘画多花鸟小品，少山水泼墨，也和李复堂一样的。如果把汪曾祺和李复堂的画作进行比较，就会发现，汪画和李鱓的绘画精神一脉相承。甚至连题款也与李复堂多有相似，比如林岫提到的"南人不解食蒜"，也是从李复堂那里化出来的。

"扬州八怪"的创新精神也深刻地影响着汪曾祺的艺术品格。打破陈规，勇于创新，是"扬州八怪"在书画创作上的独立品格。汪曾祺的书法喜欢用"破体"，他的书法作品喜欢隶篆行楷，混为一体，也就是郑板桥的"乱石铺街"。"破体"，在书法上属于不拘一格又暗藏章法的创新书体，就是多种字体同时出现在一幅作品中。这与汪曾祺的文学理想密切相关，他说"年轻时曾想打破小说散文诗歌的界限"，这种跨文体的写作其实也是一种"破体"。这种"破体"在绘画上干脆打破了书与画的界限。例如他本欲写杨万里"小荷才露尖尖角，早有蜻蜓立上头"诗意，先突兀挥笔，画了一柄白荷初苞，正想下笔画蜻蜓，因午时腹饥，停笔去厨间烧水，炉火不急，水迟迟不开，便转身回来，画小蜻蜓方振翅离去，题"一九八四年三月十日午，煮面条，等水开作此"。汪先生说"我在等水，小蜻蜓等我，等得不耐烦了，飞走了"。林岫评价说"信非大作手不得有此雅趣，信非真性情人亦不得有此童心"。现在画家写画杨万里此句，几成模式，都画小蜻蜓站立荷苞，呆呆地，千画一律,毫无趣味,观者自然审美疲劳,汪曾祺的《蜻蜓小荷》,笔墨极简,趣味涵泳,且寓文于画,破画之常规,可谓文中有画,画中有文。

中国书画美学对汪曾祺的影响还体现在艺术形式上。汪曾祺在《揉面》一文中说:"中国人写字,除了笔法,还讲究行气。包世臣说王羲之的字,看起来大大小小,单看一个字,也

《蜻蜓小荷》图

不见怎么好，放在一起，字的笔画之间，字与字之间，就如老翁携幼孙，顾盼有情，痛痒相关。安排语言也是这样。一个词，一个词，一句，一句，互相映带，才能姿势横生，气韵生动。"我在《论汪曾祺的意象美学》一文中曾说过汪曾祺小说中，"有一种类似套装或组合的特殊结构，这就是'组'结构，组结构是以三篇为一个单元，形成似连还断、似断又连的组合体。三篇小说之间，情节自然没有联系，人物也没有勾连，有时候通过空间加以联系。有《故里杂记》（李三·榆树·鱼）、《晚饭花》（珠子灯·晚饭花·三姊妹出嫁）、《钓人的孩子》（钓人的孩子·捡金子·航空奖券）、《小说三篇》（求雨·迷路·卖蚯蚓的人）、《故里三陈》（陈小手·陈四·陈泥鳅）、《桥边小说三篇》（詹大胖子·幽冥钟·茶干），6组18篇，在汪曾祺的小说中占有相当高的比例。"

汪曾祺为什么对这种形式如此偏爱？或许源自他高深的书画修养。这些作品的组合方式，其实是中国书画最常见的一种摆布方式，就是"条屏"。单独放置的书画作品叫条幅，并置的几幅作品叫条屏，有四条屏、八条屏等多种形式。"条屏"的创作往往是异质同构的特点，内容上似断实连，汪曾祺的这些套装的组合小说实际是书法美学的融化和变通。落实到小说创作中，则是篇与篇之间的"篇气"，每一篇作品都有自己的气息，有些作品气息是相通的，像《故里三陈》里陈小手、陈四、陈泥鳅，表面是三个互不关联的姓陈的人物，三个人物连起来就是底层手艺人的悲惨命运，作家的悲悯之心油然而现。值得注意的是，这种套装结构的方式是汪曾祺晚年的作品，在早期的创作中一篇也没有。他反复再三地实验这一小说形式，说明在他的心目中对这种形式的喜爱和器重。再者，这种小说的组合法在其他作家身上有过类似的实验，但如此多的组合，又达到如此高的成就，可以说独此一人。因为其他作家用的是形式，没有能够体会到中国书画艺术的博大精深。

汪曾祺性情冲淡，为人更是与人为善，在文学创作上更是喜欢奖掖后生、提拔新人，对作家同行很少议论，更不会撰文批评和质疑。有趣的是，在书法上他不止一次地发出强烈的批评之声，和他一贯的温良恭谦让的风格反差巨大。在《字的灾难》一文中，他点名批评名家刘炳森、李铎的招牌字浮躁、霸悍，认为他们缺少社会责任心，同时认为从北京街上的招牌字，就能看出现在"北京人的一种浮躁的文化心理"，"愤愤不平的大字，也许会使顾客望而却步"。汪曾祺认为招牌字写得美观很重要，希望"北京的字少一点，写得好一点，使人有安全感，从容感"，并认为这个问题的重要性不亚于加强绿化。汪曾祺的批评体现了一个文人的艺术情怀，但在一个商业合谋的文化产业年代，招牌字的霸悍已经成为老板们的共同趣味，汪曾祺在1959年被打成右派下放张家口的时候，在沽源马铃薯研究站，曾经花了三年时间，画过一本《中国马铃薯图谱》。这是他一生画过最多的马铃薯，他先画花朵，再画果实，然后切开，再画剖面。遗憾的是这部耗了他多年时间心血的画作，画好后却遗失了。如果能找到，将对研究汪曾祺的书画美学和写实思想，都会有很大的帮助。因为马铃薯的画谱是带有科研性质的，当时的照相技术有限，因此笔法必然是写实的素描。那么汪曾祺如何在科研的著作中体现它的艺术禀赋，在写实的笔法中怎么体现他重意轻形的意趣？据汪曾祺自己说，当时条件极其艰难，没有印章，也没有印泥，他就自己找点红颜色画印章，画过"军台效力"和"塞外山药"等印。"塞外山药"容易理解，汪曾祺自比山药。而"军台效力"则是用典，沽源，原清代传递军书公文的驿站，又称军台。清代官员犯了罪，敕令"发往军台效力"。可惜的是汪曾祺花了三年心血的《中国马铃薯图谱》不知遗落何处，《中国马铃薯图谱》哪一天重见天日，将是重磅件的艺术作品和文物。

2014-10-3完稿于泰州凤城河畔

（本文的写作参考了林岫先生《汪曾祺的书与画》一文）

有志者的困局

——重读汪曾祺的《徙》

一

《徙》写的是一场困局。

汪曾祺的小说冲淡，很少浓烈，《徙》似乎有点浓，但不烈。这种浓，表现在他反复写同一种命运和人生格局：高北溟、高雪两代人相似的命运，同样的人生格局，为展翅腾飞而身陷困局，终不能拔身而出。

有论者将汪曾祺归于乡土作家的行列，其实汪曾祺主要写的是市井人物，而且基本是县城的市井。他真正可归入乡土的小说大约有两篇，一篇是《受戒》，一篇是《大淖记事》。但《大淖记事》的大淖，并非真正意义上的乡村大淖，而是县城边上的一个湖，用今天话说，是城乡结合部。而且《大淖记事》一半的篇幅，比如关于锡匠的生活，也多半与市井文化有关，不是纯粹意义的乡村叙事。将汪曾祺归于乡土，或许与他师从沈从文有关。

　　有趣的是，汪曾祺的两篇乡土小说，描写的都是爱情，因而美丽飘逸、意境悠扬。而他在描写市井人物时，常常呈现的是市井人物的困惑、困顿、困厄。早期的《异秉》是汪曾祺非常喜爱和器重的一部作品。这部写于1948年的小说，应该是汪曾祺的少作，时过32年之后，他又将小说重新写一遍。他为什么如此重视这样一部作品？《异秉》写的是市井底层人物的困局，几个小人物对自己前途的无望，最后解手的细节令人可笑，又悲凉。而《岁寒三友》里王瘦吾、陶虎臣、靳彝甫三个人物在"岁寒"的困境中所表现出来的相濡以沫的古典人文情怀，正是对困局的抗争。《陈小手》里的男性接生婆陈小手死于非命，正是市井小人物困之极致。

　　《徙》描写的不是市井人物，用我们的话说，是三个知识分子。但这三个知识分子不是坐而论道的学者型或学究型书生，而是热爱生活的普通市民。谈甓渔、高北溟、高雪，三个人分属三个时代的三种知识分子类型，且皆带着浓郁的日常生活气息，高雪甚至有时尚人物的气息。汪曾祺笔下的市井人物常常带着文人气，《鉴赏家》里的叶三，《岁寒三友》的"三友"，都带着一股被推崇的文人气；而他描写文人也离不开市井的氛围，充满了烟火气。或许这正是汪曾祺小说能够不同凡响、不拘一格的原因。汪曾祺笔下的人物被读者喜爱，不是他们的命运有多传奇，而是人物身上的生活情趣和文化内涵。

《徙》写了一群有志者，他们都曾满怀理想，都曾心比天高，但最终在时代和社会的限制下，难逃命运的悲剧。小说主要写高北溟父女的人生悲剧。这悲剧来源于他们的志向远大、心高气盛。高北溟，名鹏，字北溟，姓名显然取自于庄子的《逍遥游》。高北溟勤奋好学，受教于当地名师谈甓渔，本来期望在科举中一展身手，没想到民国废除了科举。高北溟壮志难酬，又不善交际，只能读个"简师"（速成师范），然后在小学、中学教书勉强为生。高北溟壮志难酬，就把希望寄托在小女儿高雪身上。高雪继承了高北溟的清高。三个知识分子生活的背景是市井社会，而且他们常常为生活所困。谈甓渔满怀诗人之梦，但死后文集难以出版；高北溟心气极高，但无奈和市井之人相处，屡屡受挫；高雪更是心存高远，但家境贫寒，也同为时代所限而怀才不遇或壮志难酬，最终患了忧郁症，郁郁寡欢，年少病亡。

姐姐高冰面对死去的妹妹，说出了主题："妹妹，你想飞，你没有飞出去呀！"

飞不出去，是人生最大的困惑，也是最大的悲剧。

父女两人，一场困局，校歌依旧，悲情难去。

二

《徙》写了人物与时代的关系。

一般人看来，汪曾祺是闲云野鹤，琴棋书画，远离政治的漩涡，远离时代的风云。其实不然，汪曾祺深受儒教文化的影响，虽然没有修身治国平天下的雄心壮志，但绝非远离时代不食人间烟火之人，他对时代的关注、对政治的关注其实一点也不淡漠，只不过是用灰蛇草线的方式来表达。《徙》是汪曾祺少见的表现时代变幻、历史沧桑的作品，而它是通过人物的命运来体现的。《徙》先后写了三个人物，这三个人物的命运，是三个片段，也是不同历史时期的缩影。三个人物，有点像老舍《茶馆》里的三幕戏，暗示着时代的变迁、历史的动荡。

谈甓渔是个名士，但参加科举却累考不中，只中过举人，后来就索性淡泊功名，做诗人，教学生。因为教学得法，倒也培养了不少学生，有的学生中了进士，因而谈甓渔在当地名声显赫，以至盖起了院落，人称谈家门楼，品望很高。小说里有一个细节，很能体现谈罴渔的性格，"他爱吃螃蟹，可是自己不会剥，得由家里人把蟹肉剥好，又装回蟹壳里，原样摆成一个完整的螃蟹。两个螃蟹能吃三四个小时，热了凉，凉了又热。他一边吃蟹，一边喝酒，一边看书。他没有架子，没大没小，无分贵贱，三教九流，贩夫走卒，都谈得来，是个很通达的人"。谈罴渔作为老一代文人在旧时代获得的尊重，显示了当时当地社会重文尚艺的传统与旧文化格局下知识分子的社会地位。

　　而谈罴渔的学生高北溟就没有谈罴渔这么幸运了，虽然他勤奋用功，认真学习，而且在 16 岁时就中了秀才，本希望有鲲鹏展翅之日，然而时不我待，高北溟中秀才的第二年，朝廷废了科举。这对高北溟的打击可谓巨大，因为在封建时代，科举是年轻人求取功名的唯一路径，也是知识分子唯一的救命稻草。小说没有写科举对高北溟的重创，而是写县城里增添了几个疯子，"有人投河跳井，有人跑到明伦堂去痛哭"。最悲剧的就是"哭圣人"徐呆子，因为废除科举，参考多年未中的他"到大街上去背诵他的八股窗稿。穿着油腻的长衫，趿着破鞋，一边走，一边念。随着文气的起承转合，步履忽快忽慢；词句的抑扬顿挫，声音时高时低。念到曾经业师浓圈密点的得意之处，摇头晃脑，昂首向天，面带微笑，如醉如痴，仿佛大街上没有一个人，天地间只有他的字字珠玑的好文章。一直念到两颊绯红，双眼出火，口沫横飞，声嘶气竭。长歌当哭，其声冤苦。街上人给他这种举动起了一个名字，叫作'哭圣人'"。

1905 年，清廷废除了科举，1911 年辛亥革命爆发。汪曾祺小说里没有出现辛亥革命词汇，也没有写满清王朝的垮台，但高北溟的命运转折由此可见一斑。一心想建功立业的高北溟被迫终止仕途以后，只能当小学老师，之后当上了中学老师，有过短暂的好日子，但很快又被人取代，重新陷入困局。高北溟希望自己像庄子《逍遥游》里的鲲鹏一样展翅自由飞翔的梦想破灭以后，并不心甘，他把自己的理想间接地传递给自己的女儿高雪。

高北溟有两个女儿，一个叫高冰，一个叫高雪。冰雪之高洁，无疑是高北溟不与世俗同流合污的宣言，他通过女儿的名字来传递他的人生境界。有趣的是，两个女儿间宝黛式的差异：高冰懂事自律，高雪则任性而诗性。高雪可谓继承了父亲的鲲鹏之志，姐姐小学毕业之后考了女师（女子师范），她却要上高中，考大学，还要到北平上大学。但是，在她读完师范，准备继续考大学的时候，"第三年，七七事变，抗日战争爆发，她所向往的大学，都迁到四川、云南。日本人占领了江南，本县外出的交通断了。她想冒险通过敌占区，往云南、四川去。全家人都激烈反对。她只好在这个小城里困着。"

这一困，困至她生命的最后。和父亲一样，高雪最终也没有能够走出小城，没有像鲲鹏一跃千里，而是身陷小城，心在天外。虽然高雪结婚了，且丈夫对她恩爱有加，但是高雪向往的不仅仅是夫妻恩恩爱爱的小日子，她要一飞冲天。但时代无形的牢笼折了她的羽翼，她最后只能得忧郁症而死。"忧郁症"这个名词，是进入现代社会才出现的，一心向往外面的世界、一心寻找新的生活状态的高雪，配上了这个新名词。

高北溟的困厄在于科举的废除，高雪的困惑则源于时代的乱局，日本侵华战争造成的动荡毁了高雪的腾飞之梦。在高雪忧郁而死后，高北溟曾自责："怪我！怪我！怪我！"岂能怪哪个人，"心高命薄"是姐姐高冰对高雪的评价，也是有志者常有的命运。

命是什么？时代也。

三

《徙》还写了师生情缘。

汪曾祺在审美观念上，带有鲜明的道家思想。他早期的《复仇》就有色空的思想，《徙》显然受到庄子《逍遥游》的影响，那个神仙一样不会数钱只会喝酒写诗的谈甓渔，正是道家精神的化身。同时汪曾祺又深受儒家思想的影响，儒家尊师重教的精神，在这篇小说里就通过人物命运得到了尤其充分的体现。

在另一种意义上，《徙》还是一篇写教育的小说。小说里写得最多的就是上学和教学的事情。小说开头就是一首校歌，"五小"的校歌，由校歌带出了作者高北溟，由高北溟带出了他的老师谈甓渔，由谈甓渔又带出了高北溟的教学故事，接着女学生高雪登场。高雪故事的核心就是梦想到北平上大学而未能如愿，婚姻也被耽搁下来，长期待字闺中，之后高北溟的学生汪厚基上门向高雪求婚，伴随高雪走完生命的最后旅程。小说里写得最感人的是师生情缘，高北溟幼时受到老师谈甓渔的厚爱，中了秀才，谈甓渔考虑到高家经济拮据，免收高北溟的学费，给了高北溟巨大的支持。高北溟在老师谈甓渔去世之后，先是花一百大洋购下谈甓渔的诗稿，然后省吃俭用，准备将诗稿刻印出来，甚至女儿外出求学没有钱，他也不肯动用这一笔存款。

汪厚基则用另一种方式表达对老师的感恩。和高北溟一样，汪厚基也是老师喜欢的学生。他天资聪明，成绩优秀，但实用主义的家庭让他学了中医。汪厚基的理想不像高雪那样是往外飞，他的理想是爱高雪。这是对师恩的另一种回报，也是爱戴老师的另一种方式。从小说里看得出来，汪厚基的爱是无私的爱，是不求回报的博爱，是近乎柏拉图的爱。他迟迟不婚，终于等来高雪，但高雪心不在小家庭，不在卿卿我我的儿女情长生活。汪厚基也无怨无悔，一直伺候高雪到临终。高雪去世以后，汪厚基如失了魂一样，整日坐在高雪的墓前。高雪临死前，对汪厚基说："厚基，你真好！"这让人想起《红楼梦》里林黛玉临死前说的话，"宝玉，你好"。不过林黛玉是爱怨交加，高雪是爱意中包含愧意。她被汪厚基的爱情所融化、感动，同时为自己的心气高远连累汪厚基有所愧疚。汪厚基为爱所痴，高雪则为理想所痴，不同的痴迷，同样的困局。

汪曾祺小说一直以客观冷静著称。他始终与小说中的人物保持着足够的距离，在描写人物悲剧命运的时候，也保持着冷静，有时甚至是冷幽默。在《陈小手》最后，团长挥抢打死了为自己太太接生的陈小手，令人发指，但汪曾祺却不动声色，结尾写道："他感到挺委屈。"不过在《徙》中，汪曾祺的文笔时有溢情之处，甚至在叙述语言上也带着某种倾向。一般说来，汪曾祺在小说中对人物总是直呼其名，这也是小说的一般常识，但在叙述到高北溟到"五小"教学这一段时，他却破例称高北溟为"高先生"，而且之后直接称高北溟的太太为高师母。也就是说，作家完全站在人物的视角上进行叙述了，这对老到的小说家来说，是不可思议的。

为什么?

因为汪曾祺在县立"五小"念过书,"五小"是汪曾祺的母校。那首由玻璃一样脆亮的童音唱出来的校歌,是汪曾祺唱过无数遍的童年记忆。因而汪曾祺写这篇小说时,是带着追忆缅怀的情绪的。汪曾祺小说中的人物常有生活原型,尤其是那些以高邮为背景的市井小说,人物的姓名也常常与生活中一样。当然,小说仍是虚构的产物,不是纯粹的纪实。根据现在掌握的资料,高北溟、高冰、高雪实有其人,连沈石君其人也确有。从小学到中学,教汪曾祺语文的有好几位老师,高北溟先生是其中对汪曾祺影响较大的一位。汪曾祺自小学五年级至初中二年级的国文,都是高先生教的。在高北溟任教的那几年,汪曾祺的作文几乎每次都是"甲上"。《徙》是在纪实基础上的叙述,是汪曾祺回望故乡、回望历史的感慨之作,也是汪曾祺的谢师之作。

小说中有一段写到高北溟在课本之外,还自选教材。这一段话,完全是非小说的叙述。在罗列一大段古今中外名著之后,汪曾祺的叙述居然是这样的:"这种做法,在当时的初中国文教员中极为少见。他选的文章看来有一个标准:有感慨,有性情,平易自然。这些文章有一个贯串性的思想倾向,这种倾向大体上可以归结为:人道主义。"如果这种笔法出现在王蒙的小说里,读者一点也不奇怪,出现在汪曾祺的小说里,则颇为意外。

按照汪曾祺自己的说法，该是"矫情"了。矫情是北京方言，含有自作多情、多愁善感、做作等多重含义。但不难看出，汪曾祺对这样一个虚构而又实际存在的高北溟倾注了怎样的感情。

汪曾祺在晚年标称自己的创作是抒情的人道主义，那属于创作谈的范畴，而在小说里公然谈论人道主义的问题，在《徙》里是第一次，也是最后一次。在这篇小说里，汪曾祺不仅找到了文学的启蒙老师，还找到自己文学观念的源泉——人道主义。

可以说，《徙》里高北溟聪明慧灵的学生汪厚基，其实带着在"五小"读书期间的汪曾祺的影子。当时汪曾祺在"五小"就是像汪厚基一样优秀的人才。和高雪、汪厚基不同的是，汪曾祺飞了出去，从北溟奔赴南溟，他一生多迁徙，从南到北，从东到西，历经江阴、昆明、上海、江西、北京、张家口多地，所以，他对迁徙、流动有着切身的感受。

小说里，高北溟感师恩，终身回报。汪曾祺也是一个知恩图报的人，除了家乡高北溟这样一些启蒙老师外，沈从文先生也是汪曾祺的恩师，因而汪曾祺写沈从文的文章达16篇之多，情真意切，赤子之心。汪曾祺对高北溟的最好回报，就是《徙》这篇小说。《徙》会流芳下去，高北溟也会流芳下去。

汪曾祺与沈从文

四

《徙》写出了小说的旋律美。

中国文章的传统是讲究韵律美、节奏美、旋律美，但由于中国的小说来自于话本，往往满足于讲故事，对文气不是很讲究。《徙》是一篇回肠荡气、旋律优美的小说。小说首先从一首校歌开始，花了很多的篇幅，完整地抄录了校歌，之后校歌反复

出现在小说的各个节点上，或高昂清脆，或低沉忧郁，强化了
小说的情绪，也增强了小说的节奏感。小说一唱三叹，写出了
有志者的困郁。在语言的选择上，汪曾祺也苦心营造出一种与
人物和时代相适应的文体，这就是文白相间、古今兼备的民国
文风，在小说的局部还出现骈体文。这在汪曾祺小说里也是少
见的，一方面显出了作者的国学功力，另一方面和人物的身份、
命运也息息相关。

　　值得注意的是，小说在有限的篇幅里，还运用了复调的结
构旋律。这复调是通过两段引文来体现的，两段文字皆出于高
北溟之手，一是他为"五小"写的校歌：

　　　　西挹神山爽气，
　　　　东来邻寺疏钟……

　　另一段是高北溟为自家书写的对联：

　　　　辛夸高岭桂；
　　　　未徙北溟鹏

　　校歌由玻璃般脆亮的孩子们唱出，是有志者的宣言，是"无

男无女教育同"的平等理想，是"乘风破浪"的少年憧憬；而对联巧妙地嵌入高北溟的姓名和字，当然也嵌入了他的命运，"辛夸"和"未徙"是高北溟和高雪的现实写照。校歌和对联的交替出现，写出了理想和现实的巨大反差，前者有志，后者困局。暗喻，又是写实。好小说都会在写实中透出暗喻。

2014-7-6 于润民居

难得的暖意
——重读《岁寒三友》

汪曾祺的小说是讲究文眼的。

中国古人写文作画，讲究。讲究之一要有诗眼、文眼，所谓"画龙点睛"，其实是在文章的结穴点上做够文章。王安石的"春风又绿江南岸"的"绿"，宋祁的"红杏枝头春意闹"的"闹"字，都是诗眼的范例。王国维《人间词话》第46条说："红杏枝头春意闹，著一'闹'字而境界全出。"《岁寒三友》的文眼在哪里？寒，在"寒"字上。

小说的结尾写道：

"这天正是腊月三十，这样的时候，是不会有人上酒馆喝酒的，如意楼空空荡荡的，就只有这三个人。

外面，正下着大雪。"

篇末点题，很巧妙，大年三十，是岁末，大雪纷飞，是背景，是"寒"的大自然形态，即使简短的结尾，也体现汪曾祺先生的文风所在，这是一个容易滥情的地方，一般作家会大段地写风雪的肆虐和天气的寒冷，然后说，屋里，温暖如春。但汪氏就用了一句最日常的口语：正下着大雪。没有一句形容词，没有修饰语，可谓不著一字，境界全出。

小说写了高邮城的三个小人物，王瘦吾、陶虎臣、靳彝甫。"王瘦吾原先开绒线店，陶虎臣开炮仗店，靳彝甫是个画画的。他们是从小一块长大的。这是三个说上不上，说下不下的人。既不是缙绅先生，也不是引车卖浆者流。他们的日子时好时坏。好的时候桌上有两个菜，一荤一素，还能烫二两酒；坏的时候，喝粥，甚至断炊。"两个小商人，一个小文人，他们的日子不是很稳定，时常为钱所困扰，但在金钱面前他们表现出来的人格和美好人性，是全篇的亮点。

小说写人物为钱所困。王瘦吾的"穷"，一个细节尽出，儿子上学，穿的是钉鞋，其他同学穿的是胶鞋。开运动会，女儿没有运动鞋，母亲就用白布仿做一双，王瘦吾看了心酸，读者看了更心酸。"因此，王瘦吾老是想发财"。陶虎臣的炮仗店开始还行，后来接近倒闭，起先是喝粥，后来连粥也喝不起。

画师靳彝甫的日子也结结巴巴地过，但手中有三块田黄石章，在朋友吃不上饭的时候，在陶虎臣上吊自杀的时候，他毅然卖掉三块珍爱的宝贝，为朋友全家的生计换来了钱。小说全篇写三个人命运的起伏，写三个人生存的困厄，但始终洋溢着一种暖意，这暖意是友情，也是中国文化济贫救难的慈悲情怀，也是视朋友的安危和冷暖为己事的一种君子风范。中国小说有重友情的传统，《三国》写桃园三结义，《水浒》写梁山兄弟的生死与共，但都侧重在侠义上，写英雄的侠义。而汪曾祺笔下的这三位市井之人，一心为钱、为生存奔波的市井之人所体现出来的相濡以沫的暖意，在今天对那些重利轻义的市侩之风也是冷冷的批判。汪曾祺的小说始终充满了对人性温暖的表现，始终为善良的心灵礼赞。当然，也表现出汪曾祺对生活的乐观主义态度，喝酒对岁寒，是御寒，取暖，也是人生的达观和乐观。

汪曾祺的小说是讲究结构的。

汪曾祺在谈到林斤澜的小说时，曾用"苦心经营的随便"来形容林斤澜的"矮凳桥"系列小说，其实也是夫子自道。清代文艺理论家刘熙载在《艺概·词曲概》中也说："词中句与字，有似触著者，所谓极炼如不炼也。晏元献'无可奈何花落去'二句，触著之句也。宋景文'红杏枝头春意闹'，'闹'字，触著之字也。""极炼"就是苦心经营，"不炼"就是随便。在《岁寒三友》这篇小说里，体现在貌似随便的结构上，其实精心构思、巧妙运行，真可谓"极炼如不炼也"，简直是"不炼"到极致。

在《岁寒三友》这篇小说里，人物即结构。因为要写三个人物的命运，要写三个人物的性格，作家以人物作为天然的结构形态，三个人物，松竹梅的三种形态。王瘦吾的瘦，不仅是形态上，也是经济状况，也是内心的孤苦，似竹。陶虎臣开炮仗店，被炸瞎了一只眼，他是性格和炮仗一样，热烈，豪爽，像松。靳彝甫是个小文人，画师，沉静，如梅。小说先合后分，"这三个人是"，小说开头的平易近人的一句口语，恰如空谷来风，交代了三个人合传的原因。接着分别叙述每个人的生存状态和性格特征，中间分别写了三人的好运和厄运，最后在大年三十的雪夜，三人聚集在如意楼喝酒，又合了起来。在结构形态上，起承转合，天然形成。

《岁寒三友》没有主要人物，三个人物平行发展，作家平均用力，分头叙述，最后命运交叉在一起。这种写法显然受到了司马迁《史记》叙事风格的影响，《史记》里有多人合传，像《孟子荀卿列传》《屈原贾生列传》《仲尼弟子列传》《刺客列传》等都是把类型相同的人物合在一起，文章内在的联系是灰蛇草线，暗含其中。《岁寒三友》更像《刺客列传》。《刺客列传》写了五位刺客，《岁寒三友》写了三个做小生意的街坊，当然，《刺客列传》未能把五人最后合到一起，因为那是历史。《岁寒三友》是小说，是虚构。或许在作家脑海里最早出现的就是岁寒大雪松竹梅在喝酒的场景，才推出后来的小说框架。

汪曾祺在谈到小说的结构时，曾说好的小说像一棵树，《岁寒三友》分别写了三棵树，最后让三棵树融合到一起，结构浑然天成。《岁寒三友》还巧妙地运用了暗结构，那就是隐藏在阴城的侉子，这个人物貌似闲笔，却出现结构的节点上。当陶虎臣准备上吊自杀，正是他割开绳子，救了陶虎臣一命。这时你才发现，汪是怎样的结构高手。

汪曾祺的小说是讲究节奏的。

都说汪曾祺的小说语言好，语言好在哪里？好在节奏。汪曾祺的文字讲究平仄，讲究对称，深得中国语言文字的精髓。但好的语言必须依附在一个好的小说节奏上。如果文字拖沓、节奏混乱，语言的美就会像不会打扮的女性身上的装饰物，多余而卖弄。汪曾祺的小说往往在开头就确定了小说的基调或韵律，《岁寒三友》的开头是"这三个人是"，点题，也确定了人物的身份，"这三个人"的称谓平常而自然，而在中间一转，"这一年，这三个人忽然转了好运"，想发财的王瘦吾发点小财了，陶虎臣的炮仗卖火了，而靳彝甫居然也在上海办画展，还卖出了几幅画，斗蟋蟀还赢了钱。节奏从开头的局促走向舒缓。然而，好景不长，"这三年啊！"，节奏走向陡峭。王瘦吾的绳厂被欺行霸市的另一家大款收购了，陶虎臣的炮仗厂倒闭了，到了卖儿卖女的绝地，靳彝甫也远走他乡。最后，小说结束在"这天正是腊月三十"上，岁寒三友，人间友情温暖如火。

《岁寒三友》是一篇有温度的小说，作家一开始叙述三个人物的命运，用"不上不下、时好时坏"来概括，叙述的温度可以说是常温偏低，叙述的口吻偏低沉，中间三个人突然交了好运，叙述变得热烈起来，语言的节奏也趋向明快，尤其是那段写放焰火的场景，可谓余热触手可及。至于那句"人们摸摸板凳，才知道，呀，露水下来了"，露水是带着寒意和冷意的，但在此，你能感受到温暖和热乎。从"这三年啊"开始，小说的节奏变得冷意横生，叙述的语气变得滞重而沉痛，写到陶虎臣被迫嫁女，上吊自杀时，寒意逼人，节奏停滞。之后，三人在小酒馆相聚，"醉一次"，节奏又舒缓荡开，人性的热度，友情的温暖，在叙述的语调中自然呈现。

1992年初夏，汪曾祺夫妇应江苏电视台之邀，拍摄陆建华先生策划的专题片《梦故乡》，我参加了其中的一些活动。印象最深的是在南京太平南路的江苏饭店，汪曾祺和高晓声、叶至诚见面，三人的亲切劲儿，让我想起了"岁寒三友"的场景。叶至诚先生生性随和，是老好人，而高晓声素来以清高、孤傲出名。他专程到饭店去看人，我印象中非常少。后来听汪先生讲，三人这么好是有典故的。高晓声复出之后，在南京没有地方住，叶至诚时接替顾尔谭任《雨花》主编，就让高晓声在编辑部落个脚，当然要找个理由，就让高晓声也看看稿。汪曾祺当时把《异秉》投给家乡的刊物，当时《雨花》的编辑说，这篇小说怪怪的，缺少剪裁。高晓声看了以后，说：你们不懂，这才是好小说。高晓声在他有限的编辑生涯中，破例为这篇小说写了编后记，而且小说作为头条发表，在当时的文学界引起了小小的震动。汪曾祺的自由来稿被高晓声、叶至诚看中推崇，可谓是知音难得，至此结下了深厚的友谊。2002 年春天，《北京文学》评奖，我和林斤澜先生都是评委，那天他和我喝了很多的酒，说了很多的话，最多的一句就是：他们都走了，就剩下我。林斤澜和汪曾祺、高晓声、叶至诚也是非常谈得来的朋友，当时汪曾祺、高晓声、叶至诚先后辞世，而我恰巧都参加了三个人的葬礼，说到动情处，林先生都哽咽了。如今斯人亦去，诸位同道之间的友情在天国里应该更加浓厚，像汪先生的《岁寒三友》一样，绵厚悠长。

2014-5-11 于润民居

汪氏父子之美食

汪朗的书，让我写序，颇感意外。

汪朗是汪曾祺先生的大公子，资深媒体人，烧一勺子好菜，写一手好散文。

和汪朗的交往一直追叙到25年前。那时候汪曾祺老先生住在蒲黄榆，我被借调到《文艺报》工作，因为孤单，周末节假日隔三差五地到老头家蹭饭。蹭饭是一个原因，更重要的是，汪曾祺先生是我们这一代人的偶像，当时没有粉丝这个词，我是汪先生的追随者、模仿者、研究者。能和自己的偶像一起进餐，是粉丝最幸福的事了，精神上的享受也是最高级别的。

汪曾祺在文坛的美食大名，跟他的厨艺有关。据汪朗统计，除了汪先生的家人，我是尝汪先生的厨艺最多的人。因为吃多了，总结老头的美食经，大约有三：一是量小，汪先生请人吃饭，菜的品种很少，但很精，不凑合。量也不多，基本够吃，或不够吃。这和他的作品相似，精练，味儿却不一般。二是杂，这可能与汪先生的阅历有关，年轻时因国家动荡四处漂流，口味自然杂了，不像很多的江浙作家只爱淮扬菜。我第一次吃鸡枞，就是1986年在他家里，炸酱面拌油鸡枞，味道仙绝。直到现在，我拿云南这种独特菌类招待人，很多北京人、很多作家不知鸡枞为何物。三爱尝试，他喜欢做一些新花样的菜，比如临终前十几天，他用剩余的羊油烧麻豆腐招待我，说：合（ge）味，下酒。

因为周末汪朗带媳妇孩子看老爷子，我们就认识了。汪朗

汪曾祺的大公子汪朗

一来，汪先生就不下厨了，说：汪朗会做。老头便和我海阔天空地聊天，当然我开始是聆听，时间长了，也话多起来。汪朗则在厨房里忙这忙那，到 12 点就吆喝一声：开饭了。汪朗做的饭菜好像量要大一些，我也更敢下筷子些，味道更北京家常，不像老头那么爱尝试新鲜。

老头走了，我们都很难受。

之后看到了汪朗怀念父亲的文字，不禁惊喜，文字的美感也会遗传吗？又看到他谈美食的文章，就更加亲切了，因为我也写写关于吃喝的文章，但基本是借题发挥，和他的"食本主义"比起来，我像个外行，以致他发现我文章的常识错误，将麻豆腐误作豆汁儿，十几年前，我曾在文章中写到汪先生用羊油做豆汁儿，去年汪朗忍不住说，因为豆汁儿从来不进他们家的门。至于对美食的历史渊源和掌故，他更是如数家珍，信手拈来，当代文人，鲜有其格。

他也有不及的时候，有一次我说到汪先生送我朝鲜泡菜的事，他很惊讶，他不知道老头儿居然还会做泡菜，他自己都没有尝过，我就更加得意了，老头儿用的是当时流行的装果珍的瓶子，我至今记得很清楚。记得老头儿很得意，说泡菜可以这么做。不知道老头在泡菜里面加些什么，汪先生说了，我当时没记住，也没吃出来。

　　我到北京十余年，与汪朗的往来也慢慢勤了些，时不时地还在一起切磋下食经。他的嘴巴很刁，我推荐的饭店他总能品出其中的最好味道。我写的一些小文，他也时不时鼓励一下。前不久，他电话邀我吃北京的爆肚儿，我说好啊，那家位于蒋宅口的老北京风味确实地道，我们几人咀嚼出爆肚儿的结实和韧劲儿。那一天他从家里拿来茅台酒，酒过半巡，他说出原委，我的书重版，你写个序吧。哈哈，原来是鸿门宴。我们都乐了，其实还是想找个理由在一起喝酒聊天。那天喝得很高兴，手拉手兄弟般的。

　　汪家的人厚道，实在。汪朗显得更为宽厚，我一直视他为兄长，但他的一次举动却让我意外。2011 年 5 月，我女儿结婚，汪朗自然要作为座上宾。宴毕，众人散去，发现汪朗还在电梯口，我说你还没走啊，他说，我帮你送客人呢。我说，都走了。他说，我得等他们都走了，我才走。我虽然比你大，但你和我父亲是一辈儿的，家里有事，晚辈我该最后走。

　　家风如此，文风自然。

2013-4-9

汪曾祺　马悦然　曹乃谦

　　第一次听说曹乃谦的名字是在汪曾祺先生的家里，他从山西回来很兴奋地说，发现了一个叫曹乃谦的作者。老头儿很少这么兴奋，我记住了曹乃谦的名字。之后又在《北京文学》上读到了曹乃谦的小说《到黑夜我想你没办法》，还有汪先生的推介文章。说实在的，我当时并没有觉得曹的作品特别打动我，只是觉得特别朴素，特别简洁。多年之后，传出了马悦然先生对曹乃谦的作品厚爱的新闻，也印证了汪曾祺先生的眼光的独到。马悦然先生是因热爱汪曾祺而"传染"到曹乃谦，还是曹的作品本身打动了这位对中国当代文学情有独钟的汉学家？待解。

　　后来我和曹乃谦有了一些交道，2008 年的时候我们一起去河南的云台山参加《检察日报》的笔会，发现曹乃谦的爱好向

瑞典汉学家 马悦然

着汪曾祺先生的方向发展，他随身带着一棋一箫。棋是围棋，箫是"玉人何处教吹箫"的箫。途中，我们还对弈了好几盘，他的棋好搏杀，颇有古风，但对当下围棋的了解不多。也听他吹过几首古曲，不是特别熟稔。他还向我们展示了他的书法作品，也给笔会的举办方写过好几幅字。当然，笔会上写的最多的是莫言，他一个晚上兴致来了，要写十几张，求字的不一定知道莫言很快就得了诺贝尔文学奖，但都知道他和曹乃谦被汉学家马悦然看好。之后，在瑞典驻华使馆，我和马悦然短暂交流过对曹乃谦看法，马说，他要去山西大同看他。

1991年，曹乃谦（左）与汪曾祺（右）在一起

在笔会期间，他有时候一个人在默默地吹箫。看得出来，曹乃谦有志于琴棋书画，当然，和汪曾祺不同的是，他是中年后才学习的，我说，你这种品格的人应该弹古琴啊，他说，没有老师啊。是的，古琴没有老师是很难自学好的，古琴常常需要现场演练，甚至需要手把手地传授，我说我认识古琴大师成公亮，等听说他远在南京生活时，他不免有些失望。

回来以后我将曹乃谦的作品又重新看了一遍，发现比之当年又多了些了解，发现在他的朴素的背后隐藏着一种痛和爱，这种痛和爱是需要时间的磨洗和沉淀才会慢慢品尝出来。现在我们读到的这篇小说或散文，自然是他的风格的真实体现。

曹乃谦的文字少花哨。但来自于生活的赋予，尤其是那些民间语言的精华。记得有篇文章，里边说曹乃谦和他一位曾经的中学老师，两人喝了十三瓶啤酒，酒喝到高兴了曹乃谦唱"讨饭调"："牛犊犊下河喝水水，俺跟干妹妹亲嘴嘴。井拨凉水苦菜汤，不如妹妹的唾沫香。葱白脸脸花骨朵嘴，你是哥哥的要命鬼。你在圪梁上我在沟，亲不上嘴嘴招招手……"从这里边，我看出了曹乃谦的可爱，他是一个兴之所至高歌一曲的性情中人，唱词和曹乃谦的作品给我的印象，便是以情为重的。

一个时代成了曹乃谦的《初小九题》中隐藏着的主角。对时代，曹乃谦在作品内不予置评，这也是他始终坚持美学判断、情感判断，反对政治判断、道德判断等非文学判断的文学姿态——这是一个坚持做自己的人。更值得注意的是：贫穷、落后、苦难……所有风剑霜刀，未曾改变他作品中的人的可爱，当然，借这篇作品，我也看见了一个可爱的、成长中的六岁小曹乃谦：迷糊、聪慧、细腻、善良、顽皮，充满活力。现当代的作品内，让人觉得可爱的人物少，举着批判旗子的作家笔下没有多少可爱的人，闰土的可爱昙花一现，随即转为麻木。贾宝玉可爱却不适宜凡俗生活，家族破败后他是何其恓惶。可爱的人有一种清洁的品质，有着灵魂的活力，持守着本真本性。可爱的人越多，说明社会越健康，极寒背景下可爱的人儿，则如同冰山上开出的雪莲花。

曹乃谦的作品，叙述具有非常高的辨识度，依靠了平和、自然、质朴、客观、简练的风格，以及被汪曾祺称之为"莜面味"的语言吸引了大批拥趸。曹乃谦是一个内心柔软、细腻的人，是一个看重人情的作家，所以，在他的笔下，我们可以看见那么多人心和情感的风吹草动："我姨妹在那些日一直没有放开声地哭过，要哭也只是流眼泪，脸让脏手抹得一道一道的黑，也没有人顾着管她。"曹乃谦作品的外部风格，是由他的内心生发出来的，细软的草有着茂密的根须，那些草的茎须汲取着曹乃谦内心的养源，他的心如平凡的发暄的土地，是作品安详的后盾。选择近乎"细草"的作品风貌，并非他心中没有树，容纳不下石，我以对美学原则的取舍观之，觉得是曹乃谦的一种选择：他选择细弱、平易、家常，没有选择伟岸、强健、宏大。这也是他，一个被人唤作"乡巴佬"，也自认为是乡巴佬——这样一个坚持做自己的作家的可爱之处。

在《初小九题》中有两个曹乃谦，一个以少年懵懂清澈的目光打量世界，一个则隐忍悲伤，以深致的关怀、客观的判断为人物塑形。"脸让脏手抹得一道一道的黑"这不仅是"流泪"的证明，也是老曹乃谦在以制造笑点渲染悲情，是一个可爱的老头隔着几十年的光阴，在慈祥也有些狡黠地打量一个小于六岁的女童——他的表妹。"姨姨"去世后被人用小平车拉回来，少年曹乃谦则看见："街门外，停着辆毛驴拉的小平车。一个我没见过的老头，正举着我家的那个日本军用水壶喝水。他那样子像是在吹军号。"这里面就是少年原初的视角，天真的少年以自己的趣味为所见的形象赋形："像是在吹军号。"这同样是以制造笑点渲染缓慢加深的悲情。书法以"隔行通气"为高境界，老少两个曹乃谦相差五十八岁，凭借字里行间不变的可爱，遥遥顾盼。

　　曹乃谦通过这篇作品找到了他失散五十八年的另一个自己，也找到了五十八年前那些可爱的人儿：表哥、常吃肉、常爱爱、郑老师……表哥背书的任务没有完成，被老师的戒尺打肿了手，他还能笑着吃酱："姥姥把黑酱给他抹在手掌上，说这样就不疼了。我问他疼不了，他笑着说不疼了。就说还就伸出舌头舔手掌上的酱。"常吃肉把"我"视为亲兄弟，学校发动学生"积肥"，常吃肉决定先帮我解决，他甚至没有考虑先给自己的妹妹常爱爱完成"积肥"任务。常爱爱是一个有雀斑的女孩，声称男的里面"就爱见一个人"，"我"问那人是谁，常爱爱说："你知道。"本来她希望吃苍耳治雀斑，而我说菩萨也有雀斑，她就不吃苍耳了。郑老师穿着丈夫宽大的军装来上课："我说郑老师你穿着真好看。她的脸'唰'地红了。"她是一个会脸红的女教师，并且她"悄悄跟我说，'你听了别嚷嚷。'我说噢，我不嚷嚷。她说，'老师，肚里，有孩子啦。'"

　　曹乃谦的《初小九题》写一群可爱的人，这群可爱的人各有苦各有难，但那个时代的人也似乎更愿意为读者留下欢笑，他也更愿意为读者献出那一缕缕带给人暖意的阳光，他在回忆中将情感中的悲伤和寒凉很好地克制住了。在1946年到1958年的这个时间横截面，这群可爱的人不抱怨，为他人着想，感情纯真，尤其是作品中的郑老师，在一群孩子的生命史中可能具有但丁《神曲》引路人贝雅特丽齐的价值。

　　在这里我想引用一下汪曾祺对曹乃谦的评价，其人已经仙逝16年，其言也过去26载，但至今尤不失其光辉，他夸赞曹的语言很好："好处在用老百姓的话说老百姓的事。"同时也指出，曹乃谦的格局应该大一些，"写两年吧，以后得换换别样的题材，别样的写法"。两年早就过去了，20年过去了，曹乃谦的写法好像还没换，或许年过花甲的他正在酝酿别样的写法，别样的题材。我们在期待，文坛在期待，马悦然也在期待。

附　记

　　转眼，《大家》创刊20年了。20年，《大家》走过辉煌，也遇过坎坷。记得20年前，李巍作为刊物的主编第一次邀请我去云南谈谈创刊的事情，我在昆明的书林街100号见到了云南人民出版社的朋友，便和云南结下了不解之缘。和历任领导吴世龙、程志方、胡廷武、欧阳常贵等，都有着非常友好的交往。尤其是李巍退休后，胡廷武先生还有要求我加盟到云南人民出版社出任《大家》主编的善意，虽然未能成行，甚至还让我的单位引起小小的误会，但我对《大家》的关注始终没变，和李巍、海男、潘灵、韩旭、西里、小项等人的友情也一直延续至今。

　　《大家》创刊10年的时候，我写过一篇文章。如今《大家》创刊20年了，风雨20年，编辑部让我写一篇关于曹乃谦的文章，就承诺了，想借这个机会来表达一下对这个刊物的致敬之意和怀旧之情。

　　《大家》创刊，适逢其时。《大家》复刊，其时已逢。祝大家好运！

透明与滋润

——汪曾祺的意象美学

汪曾祺的小说曾经被人们称为"意象现实主义"，可说抓住了汪曾祺小说的美学特征。意象美学由于美国意象派诗人的崛起而受到世人的瞩目，但真正的意象美学其实源于中国，意象派的代表诗人庞德就明确提出唐诗就是意象派的鼻祖，庞德自己就翻译唐诗作为自己的一种创作。唐诗宋词有着明显的意象诗的特点，但唐诗宋词并非意象诗的开端，而是集大成。意象美学是中国文学源远流长的优秀传统，在中国最早的大诗人屈原的以《离骚》为代表的楚辞作品里就得到了充分的体现，因而至今读来仍然魅力无穷。由于中国韵文和散文的两大传统不太一样，所以中国的小说创作沿袭的是非韵文的路子，清代

"最后一个士大夫"汪曾祺

大文学家曹雪芹率先将韵文的传统引进了长篇小说的创作，在《红楼梦》中大量使用了意象、意象群、意象群落，从而构建了旷世绝唱。五四时期，由于对传统文化的情绪性排斥，以意象为代表的中国美学精粹被西方和俄罗斯的美学所替代。虽然鲁迅、沈从文、孙犁等人的作品顽强地生长着中国意象美学的元素，但仍被其他的强势话语所遮蔽，人们对小说家的意义多半从思想、情节、人物来进行诠释。1978年以来，中国的意象

美学得到了复苏，汪曾祺的走红，高行健、莫言的获奖都在于
作品中呈现出鲜明的中国意象美学特性。这种不同于西方象征
主义的美学形态，融化到小说中具有的辐射性的审美力，已经
引起了越来越多人的关注。

　　汪曾祺是一个非常中国化的作家，以至于被人们誉为"最
后一个士大夫"。这个"士大夫"的称呼，一方面是对汪曾祺
文化精神的概括，另一方面也是人们对渐行渐远的中国文人精
神的凭吊。"五四"以来的知识分子精神取代原先的文人情怀，
在历史进程中无疑是进步，但对文学的本体尤其对汉语艺术文
本来说，容易屏蔽掉一些中国文化的潜在精神。汪曾祺的晚成
乃至今日余音绕梁，与长时期的被屏蔽有关。汪曾祺体现出来
的中国文化精神是多方面的，这里只想就他作品中意象美学的
一些特征进行陈述。

一

　　汪曾祺的作品写得很干净，在文字上长句很少，标点更是
只用句逗。这种干净是现当代作家中极为少见的，有点清水芙
蓉的味道，甚至可以说是一种"出污泥而不染"般的孤洁。为
什么？这与汪曾祺对文学的理解有关，汪曾祺曾经这样称赞他

所推崇的文学前辈废名："他用儿童一样明亮而又敏感的眼睛观察周围世界，用儿童一样简单而准确的笔墨来记录。他的小说是天真的，具有天真的美。"他在《沈从文先生在西南联大》中又如此称赞金岳霖："为人天真倒像一个孩子。"在怀念沈从文的悼文中，称沈从文是"赤子其人，星斗其文"。

可见赤子、儿童、孩子，明亮、敏感、天真，都是汪曾祺推崇的境界。有人说，诗人必须有一颗赤子之心，不能说诗人都有一颗赤子之心，但具有赤子之心的人同样具有一颗诗心。汪曾祺虽然擅长小说散文，但亦不满足于诗心藏在文中。他经常写诗，有白话诗，也有旧诗，在《释迦牟尼传》中，他直接运用骈体文来叙述释迦牟尼的一生。这种诗心始终燃烧着他，但他选择了一个反抒情的方式，通过意象的方式来表达他的诗心，这就是通过童年的视角来观照周围的世界和人生。

我们也就能够明白汪曾祺那些描写故乡高邮的小说为什么如此动人、如此脍炙人口了。在那些描写故乡的小说里始终闪烁着一双孩子的眼睛。学者摩罗《末世的温馨与悲凉》这样描述："汪曾祺的文字让我读出了这样一个少年和一种情景：这个少年有时在祖父的药店撒娇，有时在父亲的画室陶醉。他永远保持内心的欣悦，感官尽情地开放，他入迷地欣赏着河里的渔舟、大淖的烟岚、戴车匠的车床、小锡匠的锤声，还有陈四的高跷、

汪曾祺《羊舍的夜晚》木刻插图

汪曾祺《羊舍的夜晚》木刻插图

汪曾祺《羊舍的夜晚》木刻插图

汪曾祺《羊舍的夜晚》木刻插图

汪曾祺《羊舍的夜晚》木刻插图

侉奶奶的榆树。这个少年简直是个纯洁无瑕身心透亮的天使，那个高邮小城则是一个幸福和乐的温馨天国。"

摩罗用"纯洁无瑕身心透亮"来形容这个天使一样的少年，在于童年的世界里，是不受污染、不被干扰的，是接近于无限透明的零状态。在汪曾祺的作品中"童年"这一美好的意象通过对周围世界的折射，营造出一个天国一样的故乡来。"故乡"系列小说是汪曾祺小说的最高的明净境界，明净的原因在于汪曾祺内心的童心、诗心对故乡的美化和净化。故乡当然不是仙境，童年自然也有幻觉，鲁迅先生在《故乡》里一方面写了童年的美好，写了西瓜地月光的迷人，另一方面则冷峻地撕开记忆的面纱，直面荒芜的现实和温馨记忆的反差。而汪曾祺追求的是和谐，他那双清澈的眼睛看见的只有童年的欢乐、天真和可爱。

如果说汪曾祺描写故乡的作品采取童年的视角可以理解，故乡的记忆可能淡化了辛苦、艰难、不幸，留下来的是善良、温馨、美好，因而童年美、故乡美是人之常情。其实不然，他写下放劳动的《羊舍一夕》《看水》《黄油烙饼》依然采用的是儿童视角，从年龄上说，他已经接近四十，从地域上看关外张家口远非故乡，更重要的是他的身份是一个下放的右派。这个下放的右派已不是那个年幼无知的李小龙（《昙花·鹤和鬼火》），而是远离家庭、备受质疑的流放者。在张贤亮、从维熙等有相同经历作家的笔下，右派在周围遭遇的是歧视、冷漠甚至是仇恨。张贤亮的《绿化树》虽然写了乡村女性马缨花对"落难公子"章永璘的爱，但整体的氛围是苦难叙事、悲情独白。而汪曾祺依然用童年的视角来看待对他来说是异乡的流放生活，筛去了其间的残酷、阴暗、冷漠。

这源于汪曾祺在创作时抽空了内心的芜杂，让内心呈现出澄明的状态，而这种澄明的状态和童心是非常接近的，汪曾祺的代表作《受戒》的男女主人公明海和小英子就是这样的澄明的处子，丝毫没有沾染尘世的气息。其实，在汪曾祺的其他一些不用儿童视角的小说里，也时不时地可以读到那颗天真的童心。"正街上有家豆腐店，有一头牵磨的驴。每天下午，豆腐店的一个孩子总牵着驴到侉奶奶的榆树下打滚。驴乏了，一滚，再滚，总是翻不过去。滚了四五回，哎，翻过去了。驴打着响鼻，浑身都轻松了。侉奶奶原来直替这驴在心里攒劲，驴翻过去了，侉奶奶也替它觉得轻松。"《榆树》里虽然写的是侉奶奶的视角，可跃动着是一颗无瑕的童心。

汪曾祺的这种童年意象不仅融化在写人物的作品上，那些描写风俗、动物、植物的篇章也渗透了童趣。散文《葡萄月令》是汪曾祺作品中童心、诗心、圣心高度融合的一篇极品，来源于作家的一颗赤子之心。《葡萄月令》平实、简洁，乍一看，貌似一篇说明文，介绍一年之中葡萄的种植、喷药、采摘、贮藏等有关的"知识"，从一月到十二月，像记流水账一样。但细细品读，就发现作家视葡萄为一个成长的婴儿，一个仙子一样的生命。

"一月，下大雪。……葡萄睡在铺着白雪的窖里。""二月里刮春风……葡萄藤露出来了，乌黑的。有的枝头已经展开了芽苞，吐出指甲大的苍白的小叶。它已经等不及了。""四月。浇水……葡萄喝起水来是惊人的……从根直吸到梢，简直是小孩嘬奶的拼命往上嘬……"不难看出，汪曾祺创造了近乎童话一样的境界，纤尘不染，超凡脱俗。

无疑，和很多的大作家一样，汪曾祺是描写风俗的高手，但汪曾祺把这种童心意象化的追求，也表现在他在风俗的描写之中。他说："风俗，不论是自然形成的，还是包含一定的人为的成分（如自上而下的推行），都反映了一个民族对生活的挚爱，对'活着'所感到的欢悦。他们把生活中的诗情用一定的外部的形式固定下来，并且相互交流，融为一体。风俗中保留一个民族的常绿的童心，并对这种童心加以圣化。"（《谈谈风俗画》）圣化童心，成为汪曾祺小说不灭的永恒意象。

二

　　"水"在汪曾祺的作品中是一个非常重要的意象。法国汉学家安妮·居里安在翻译了汪曾祺的小说后，发现汪曾祺的小说里经常出现水的意象，即使没直接写水，也有水的感觉。他的小说仿佛在水里浸泡过，或者说被水洗过一样。水的意象成为汪曾祺美学的外在特征。

　　他在自传性散文《自报家门》中，明确表示从小和"水"结缘。他说："我的家乡是一个水乡，我是在水边长大的，耳目之所接，无非是水。水影响了我的性格，也影响了我作品的风格。"

　　汪曾祺在以本乡本土的往事为题材的系列小说《菰蒲深处》的自序中亦云："我的小说常以水为背景，是非常自然的事。记忆中的人和事多带点汭汭水气。人物性格亦多平静如水，流动如水，明澈如水。因此，我截取了秦少游诗句中的四个字'菰蒲深处'作为这本小说集的书名。"

　　老子说"上善若水"，将水视为善之最，足见中国文化的传统对水的器重。水在中国哲学中具有势弱柔顺的特征，同时也有持久韧性的特征，水滴石穿的成语就是水哲学的另一面。

汪曾祺《菰蒲深处》书影

汪曾祺作品的人物大多逆来顺受，最强烈的反抗动作也就是锡匠们在县政府"散步"抗议而已，而且是无声的。他笔下的人物常常随水而居，随遇而安。水赋予人物的性格，也就多了几分淡定和淡泊。《看水》和《寂寞与温暖》可以视作汪曾祺的自传体，和《葡萄月令》一样，这两篇小说写的汪曾祺下放的张家口外农科所的生活。有研究者认为，"《看水》中的水的意象和《寂寞与温暖》中女主角沈沅姓名中的'水'旁，是证明作家自我隐喻——汪——的有力证据，似乎不能用巧合来解释。"这两篇小说中的主人公一个是女性，一个是儿童，他们显然是弱者，他们表现出来的水一样柔弱的品质，正是作家内心的某种写照。

水的流动形成了结构。汪曾祺这种"水"意象美学还体现在小说结构的自然天成上。汪曾祺写作的都是一些篇幅短小的小说和散文，一般来说，短篇小说的结构是非常讲究的，常常在情节的设置上下透功夫，莫泊桑、契诃夫、欧亨利之所以被称为世界短篇小说之王，就在于他们在塑造人物、叙事结构上精心追求。而汪曾祺对结构的理解则是"随便"，为了证明这种"随便"的合理性，还在《汪曾祺短篇小说选》的自序中引用苏东坡的话来论证。"大略如行云流水，初无定质，但常行于所当行，常止于所不可不止，文理自然，姿态横生。"（苏东坡《答谢民师书》）这种水的结构有点类似书法上的"屋漏痕"的境界。陆羽《释怀素与颜真卿论草书》载：颜真卿与怀素论书法，怀素称："吾观夏云多奇峰，辄常效之，其痛快处，如飞鸟出林，惊蛇入草，又如壁坼之路，一一自然。"颜真卿谓："何如屋漏痕？"怀素起而握公手曰："得之矣！"又南宋姜夔《续书谱》称："屋漏痕者，欲其无起止之迹。"

"屋漏痕"是一种比喻性的说法，用到小说的结构上其实就是随便而为的意思。雨水漏屋，全无定式，自然形成。

　　汪曾祺意象美学里蕴含着中国书画美学的精神。宗白华先生在《美学散步》一书中论及《中国书法里的美学思想》谈到张旭的书法时，说："在他的书法里不是事物的刻画，而是情景交融的'意境'，像中国画，更像音乐，像舞蹈，像优美的建筑。"宗白华先生这里所说的"意境"加了引号，显然是觉得"意境"一词不足以表达张旭书法的内涵，其实联系上下文，我们可以发现，宗白华所要说的其实是意象的内涵。中国书法、中国水墨画作为中国文化精神的抽象代表，其精髓就是意象，言外之意，象外之意，象外之象。而中国书画的最明显的特征，也在于水的流动，墨是一种有颜色的水，它的流动和纸的空白形成了黑白的映衬，这映衬是水的美学的硕果。汪曾祺是书画高手，他的书画成就在一些专业人士之上，他的一些书画作品至今被藏家们视为珍品而津津乐道。

　　汪曾祺精通书法奥妙，深谙水的结构之美，他成功地转化到小说的创作之中。他的小说几乎每一篇的结构都不一样，又自然天成。《星期天》的结构松散天成，而《日晷》的结构如树生枝杈，两股合流。《云致秋行状》又如一股溪流渐渐流来，《受戒》和《大淖记事》在开头悠然讲述风俗民情，进入"中盘"后，《受戒》枝蔓删去，如小提琴独奏一样悠扬。《大淖记事》

则以对话收场，余音不绝。

汪曾祺的小说中，还有一种类似套装或组合的特殊结构，这就是"组"结构，组结构是以三篇为一个单元，形成似连还断、似断又连的组合体。三篇小说之间，情节自然没有联系，人物也没有勾连，有时候通过空间加以联系。有《故里杂记》（李三·榆树·鱼）、《晚饭花》（珠子灯·晚饭花·三姊妹出嫁）、《钓人的孩子》（钓人的孩子·捡金子·航空奖券）、《小说三篇》（求雨·迷路·卖蚯蚓的人）、《故里三陈》（陈小手·陈四·陈泥鳅）、《桥边小说三篇》（詹大胖子·幽冥钟·茶干），6组18篇，在汪曾祺的小说中占有相当高的比例。值得注意的是，这种套装结构的方式是汪曾祺晚年的作品，在早期的创作中一篇也没有。他反复再三地实验这一小说形式，说明在他的心目中对这种形式的喜爱和器重。

这种小说的组合法在其他作家身上有过类似的实验，但如此多的组合，又达到如此高的成就，可以说独此一人。这有点类似书法上的"行气"，就是字与字之间内在的联系。汪曾祺说："中国人写字，除了笔法，还讲究行气。包世臣说王羲之的字，看起来大大小小，单看一个字，也不见怎么好，放在一起，字的笔画之间，字与字之间，就如老翁携幼孙，顾盼有情，痛痒相关。安排语言也是这样。一个词，一个词，一句，一句，互

有酒学仙无酒学佛

刚日读经柔日读史

钱大昕曾书此联　汪曾祺

尚有三年方七十，看花犹喜眼双明。
劳生且读闲居赋，少小曾谙陋室铭。
弄笔偶成书四卷，浪游数得路千程。
至今仍作儿时梦，自在飞腾遍体轻。
六十七岁生日　曾祺自寿

宜入新春未是春，残笺宿墨隔年人。
屠苏已禁浮三白，生菜犹能簇五辛。
望断梅花无信息，看他挑偶长精神。
老夫亦有闲筹算，吃饭天天吃半斤。

　　　　　辛未新正打油

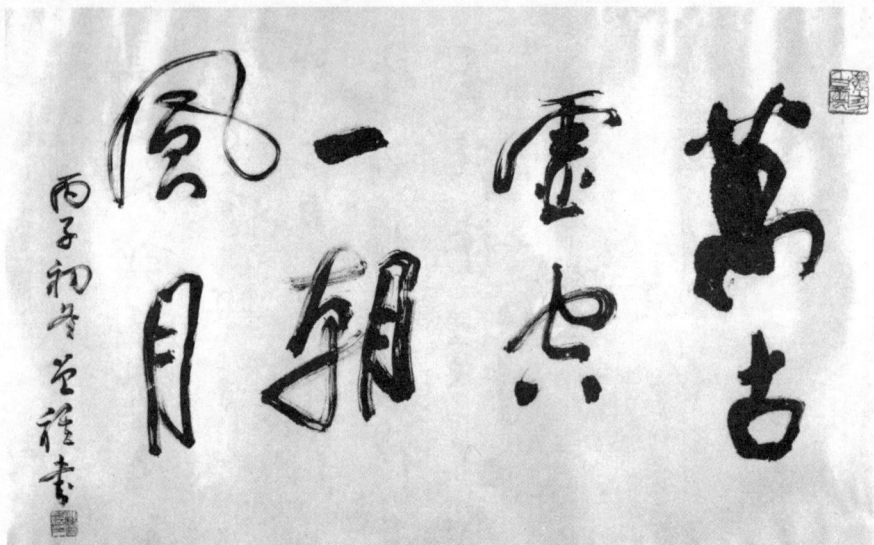

万古虚空　一朝风月

丙子初冬　曾祺书

冻云欲湿上元灯，
漠漠春阴柳未青。
行过玉渊潭畔路，
去年残叶太分明。

六十岁生日散步玉渊潭　丙子初冬　曾祺书

红桃曾照秦时月，黄菊重开陶令花。
大乱十年成一梦，与君安坐吃擂茶。
旧作宿桃花源
丙子入冬　曾祺

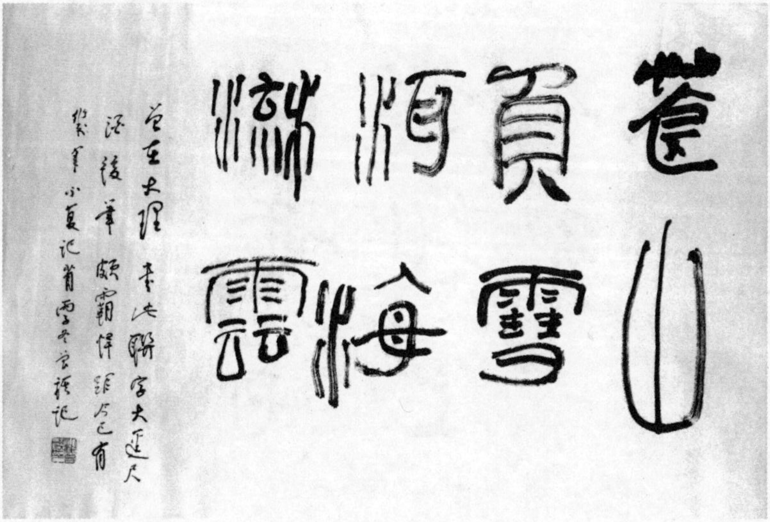

苍山负雪　洱海流云

曾在大理书此联，字大逕尺，酒后笔颇霸悍。

距今已有几年不复记省

丙子冬　曾祺记

顿觉眼前生意满

须知世上苦人多

宋儒是人道主义者，未可厚非

汪曾祺丙子冬书

相映带，才能姿势横生，气韵生动。"（《揉面》）而落实到作品中，则是篇与篇之间的"篇气"，每一篇作品都有自己的气息，有些作品气息是相通的，像《故里三陈》里陈小手、陈四、陈泥鳅，表面是三个姓陈的人物，三个人物连起来就是底层手艺人的悲惨命运，作家的悲悯之心油然而现。在早期短篇小说《异秉》里写的也是类似人物的命运，但作家要把这些人物构思到一个场景之中，并赋予一定的情节和戏剧性，不符合晚年汪曾祺的小说趣味。就意象美学而言，这是对意象群和意象群落的营造。单个意象的创造，在唐诗宋词那里已经到了极致，《红楼梦》之所以开一代之风，很大程度上是将中国人的意象从诗歌融化到小说中，但曹雪芹塑造的不再是单个的意象，而是一个个意象群和意象群落，形成了独特的美学世界。汪曾祺显然意识到单个意象的力量有限，他通过用"集束手榴弹"的方式来创造新的意象，寻找最大的审美空间。

汪曾祺在语言的探索方面也是功劳卓著，他把现代汉语的韵律美、形态美几乎发挥到极致。他刻意融合小说、散文、诗歌文体之间的界限，从而营造一个更加让读者赏心悦目的语言世界。语言在他手里像魔术师的道具一样，千姿百态，浑然天成。水的流动，水的空灵，水的无限，在他的作品中得到最好的诠释。

汪曾祺以水为美，以水为师，在水的意象之后隐藏着他的文学观——滋润。他在《蒲桥集》再版后记中说："喧嚣扰攘的生活使大家的心情变得浮躁，很疲劳，活得很累，他们需要休息，'民亦劳止，迄可小休'，需要安慰，需要一点清凉，一点宁静，或者像我们以前说的那样，需要'滋润'。"汪曾祺先生确实实现了他抒情人道主义的美学思想，他的作品是滋润的，他去世多年，作品至今仍在滋润着一代又一代的心灵。

2013-6-10 于润民居

像汪曾祺那样生活

很多歌消失了。

汪曾祺在《徙》的开头写道。

很多人也消失了。

十年前，1997 年 5 月 16 日，汪曾祺也消失了。

他的歌声依然在文坛回荡，他的文字永远不会消失。

汪曾祺，一个独特的名字，就这样躺进了文学史。

很多人喜欢汪曾祺，有人甚至是疯狂地喜欢。汪曾祺像一阵清风在中国文坛刮过，让人眼前一亮。哦，小说可以这样写？现在的年轻人体会不到当初我们读到汪曾祺的那种新奇、兴奋和不安，《异秉》《受戒》《大淖记事》《陈小手》那样一批小说让好多评论家和学者大跌眼镜，也让年轻的作者和读者如痴如醉。有人这样评论汪曾祺的小说，"初读似水，再读似酒"。奇怪的是当时正是"现代派"和"先锋派"大行其道的时候，仿佛是一种讽刺，汪曾祺以地道的汉语风味广受青睐。年近六旬的作家成为年轻人的偶像，包括好多狂傲的自以为是的"先锋派"和后来以国际性写作为标准的准国际作家也在老先生面前甘做弟子。

　　我第一次读汪曾祺小说的时候，并不是在他大红大紫的时候，而是在"文革"期间。我小学毕业的时候，暑假在外婆家，从四舅的抽屉里翻到了一本旧的《人民文学》，上面有一篇小说叫《王全》，很耐看，也觉得有点怪，印象极深。但并不知道是汪曾祺写的，直到后来看到《汪曾祺小说选》时，才恍然大悟。很多人都是因为读了《受戒》《大淖记事》才慢慢了解汪曾祺的，我则是读了《异秉》之后就对汪曾祺感兴趣的。《异秉》当时发在顾尔谭主编的《雨花》上，很少有刊物转载，也很少有人评价，而那一年我正巧订了《雨花》（是第一次也是最后一次），《异秉》我看了的第一感觉像是解放前的人写的，与我父辈的生活极其相似，更重要的是小说的功力力透纸背。等读到《受戒》《大淖记事》之后，就更加激动了。不仅因为他写的是家乡的生活，而且因为他把解放前的生活也写得那么

汪曾祺的歌声在文坛回荡

汪曾祺《异秉》书影

美。孙犁也是写生活美的高手，但他写的都是劳动人民，而且都与抗战有关。汪曾祺写的都是市井，与抗战无关，最让我震惊的是他在《大淖记事》里写巧云被刘号长奸污之后，居然没有《白毛女》里那种愤怒和反抗。"巧云破了身子，她没有淌眼泪，更没有想到跳到淖里淹死。人生在世，总有这么一遭。"我原先脑子里的阶级斗争观念一下子被击穿了。刘号长与巧云是压迫与被压迫的关系，巧云居然没有哪里有压迫，哪里就有反抗（后来锡匠们还是游行反抗了），还有她的贞洁观呢？《大淖记事》没有搬用阶级斗争的观念和道德的观念来写小说，这在 80 年代初还是需要勇气的。当然，老先生没有想那么多，他只是让小说写得更生活化一些。我读汪曾祺的小说，经常产生这样的念头，哦，原来生活是这样的，原来日常生活也这么美好。因为景慕汪曾祺的小说，一段时间我竟能整段整段地说出来。心想，什么时候能见老先生一面多好。1983 年我第一次到北京，最想见的人便是汪曾祺，便查地图找到北京京剧院，我倒了好几趟车，终于找到了京剧院。我以为京剧院也像我们的机关一样正常上班了，可找了半天，才撞到一个人，他说汪曾祺在七楼编剧室上班。我欣喜若狂，我爬上七楼，可整个楼层一个人也没有，我又到六楼、五楼、四楼，没有一个人上班。就像今天那些追星族，我在京剧院空等了半天。

汪曾祺对中国文坛的影响，特别是对年轻一代作家的影响是巨大的。在风行"现代派"的 20 世纪 80 年代，汪曾祺以其优美的文字和叙述唤起了年轻一代对母语的感情，唤起了他们对母语的重新的热爱，唤起了他们对民族文化的热爱。20 世纪 80 年代是流行翻译文体的年代，一些作家为了表现自己的新潮和前卫，大量模仿和照搬翻译小说的文体，以为翻译家的文体就是"现代派"的文体，我们现在从当时的一些著名的作品就可以看到，这种幼稚的模仿。尤其在寻根浪潮涌起，一些人唯《百年孤独》是瞻的时候，汪曾祺用非常中国化的文风征服了不同年龄、不同文化程度的人，且显得特别新潮，让年轻的人重新树立了对汉语的信心。

汪曾祺在他的作品中，很少大波大澜，很少戏剧性，写的都是极其日常的生活，极其平常的生活，可依然时时闪现着文学的光彩。写日常生活，写市井生活，很容易沉闷，也很容易琐碎，但也是最容易见人性的，汪曾祺用他的实践告诉我们，日常生活故事是文学，甚至是文学非常重要的一部分。我以前一直对写实的日常的作品有偏见，可我阅读了研究了汪曾祺之后，改变了自己的观念，并在此基础上，对写实作品特别是新写实小说进行了较早的开发和研究。

汪曾祺不仅改变了我的文学观念，也影响了我的生活观念。因为老乡的缘故，也因为研究他作品的缘故，我和他本人有了很多的交往。我发现了他不仅是在小说中审美，在日常生活中也是按照美的原则进行生活的，可以说，他的生活完全是审美化了的。比如，他喜欢下厨，且做得一手美妙的家常菜，他是有名的美食家，他认为那也是在做一部作品，并没有因为锅碗瓢勺、油盐酱醋影响审美。我是有幸多次品尝到他手艺的人，他做的菜也像他写的作品一样，数量少，品种也不多，但每次都有那么一两个特别有特点。我最后一次吃到他做的菜，是他去世前的半个月，那天有个法国人要吃正宗的北京豆汁，汪曾祺就做了改进，加了一些羊油和毛豆熬。他告诉我说，豆汁这东西特别吸油，猪油多了嫌腻，正好家里的羊油派上用场，羊油鲜而不腻，熬豆汁合味。他说合味的"合"发的是高邮乡音ge。这豆汁果然下酒，我们俩把一瓶酒都喝了。之后，他送我到电梯口，没想到，这成了永诀。

热爱生活，在生活当中寻找诗意和审美，可生活并不全是诗意和审美，汪先生对此似乎毫无怨言，他身上那种知足常乐甚至逆来顺受的生活态度颇让我吃惊。很多人没有想到汪先生直到死前也没有自己的房子，他一直住他太太施松卿的房子，先在白堆子，后在蒲黄榆，都是太太在新华社的房子。有一次我跟老先生开玩笑，你们家是阴盛阳衰呀，老先生呵呵一笑，抽着烟，没有搭腔。也有人替汪曾祺打抱不平，向中央反映他

汪曾祺的妻子施松卿

年轻时的汪曾祺与妻子施松卿

的住房问题，可绕了半天，居然要中国作协解决他的住房问题，而汪的工作关系又不在中国作协，这个著名作家的房子问题就不了了之。汪曾祺向我述说这件事时，一点也不恼怒，好像他早就知道自己的房子只能挂靠在太太那里，他在白堆子的住处我没有去过，但蒲黄榆的居所我去了无数次。没有客厅，稍大的一间做了客厅，太太和小女儿合住一间，他自己在一间六七平米的小屋写作、画画、休息，很多的佳作就是在蒲黄榆的那间小屋里写出来的。蒲黄榆原是一个不起眼的地名，因为汪曾祺，很多人知道了这个地方。

我最后一次见到老先生，发现他已搬到虎坊桥福州会馆街的一幢大楼，这一次，老先生有了自己的画室，他可以尽情画他的画了。他刚搬进去的时候，兴奋得画了个通宵。我以为是给他落实政策。可一问原来是大儿子汪朗把自己的房子给父母住，汪朗是个孝子，他了解父母的心，汪曾祺在儿子的大房子里走完了他人生的最后路程。

以后我碰到类似分房子这种不公平的事再也不怨天尤人，汪曾祺用小说和他的生活告诉我们怎样生活是美好的，怎样才是"抒情的人道主义"。

赤子其人　赤子其文

初夏的南京，已有一些晚饭花开了，这些零零星星的开放的晚饭花，并不灿烂，也不茂盛，散发着时浓时淡的馨香，使城市行人蓦然发现，黄昏已降临。

悠然开放的晚饭花让我想起了汪曾祺先生。

在汪先生辞世的日子里，我翻阅汪先生的文章、字画和照片，读着他的友人、学生、老乡思念他的文章，每一篇都写得真挚而质朴，我几次想写些追念他的文字，几次落不下笔，不是悲痛，而是不信，不信这么一个人就这么若无其事地走了。

看到他若无其事地躺在八宝山悼厅的鲜花丛中，面色如常，自然、宁静，我还是忍不住流泪了。

他活着的时候，也许不觉得这世界多些什么，可他走了以后，你会觉得这世界这文坛有那么大的空缺。

空得人心"荒"。

我和汪先生的第一次交往是在11年前的高邮。当时我写过一些评论文字，汪先生回乡探亲，听了介绍之后，和我、小费两人开玩笑说："高邮有了你们俩，我可以走了。"如今，我们俩离开了高邮，而汪先生也真的走了。我想到了十多年前那句话，悲凉如水，我不明白他当时怎会想到"走"这样的生死之念。

这话是有些不太吉利的，在一段时间内我一直为汪先生担心，到后来，发现他活得健康愉快，并无什么不适，也就渐渐忘了。待汪先生去世的消息传来后，我立即想到了他11年前的那一句话。

汪先生出生于1920年3月5日，是农历正月十五，元宵节，汪先生的家乡叫作灯节。汪先生的姓名与他的生日没有太多的联系，但他在给后代起名字时，却都用上"月"字，他的三个儿女汪朗、汪明、汪朝的名字都拥有一个月字，可见老人对月字的偏爱和惦念。汪先生的文章也如夜晚的月光，平淡、清澈、柔和，"初读似水，再读似酒"。

我最早惊异于汪先生文字的不是小说，而是散文，是他的《葡萄月令》。他用《月令》这种中国最古老的文体来描述葡

汪曾祺《葡萄月令》书影

萄的生长过程，全文写得一片透明，几乎没有人间的烟火气。
我看到已过六十的汪曾祺和大自然交融一体，他时而化为葡萄，
葡萄时而化为他：

> 一月，下大雪。
>
> 雪静静地下着。果园一片白。听不到一点声音。
>
> 葡萄睡在铺着白雪的窖里。

全是白描，甚至句式都是最简单的主谓结构，而且是删除
了多余修饰的主谓结构，都有点接近我们上语法课时划分句子

成分"剩下"的主干，可它的意蕴像一潭清澈见底的山泉，又像是如水的月色，于一片空明之中显现出赤子之纯。

汪先生的文章几乎都是像《葡萄月令》这般明静、纯真，无论是《受戒》还是《大淖记事》，都在表达他"思无邪"的人文理想。他去年写作的《小嬢嬢》，描写一种罕见的爱情，只有具有一颗赤子之心的人才能写得那么凄婉优美，写得那么坦荡真诚。

当时我读了汪先生这篇小说之后，就兴奋地打电话向文友推荐，这些朋友读完了汪老的这篇小说之后，都说好，说没想到快八十岁的人了，心态还像十八岁似的。朱文说，读这篇小说，感到汪老比我还年轻，记得他的小女儿汪朝曾很认真地问过他：爸爸，你还能再写一篇《小嬢嬢》吗？他想了想，摇摇头，说，不能。其实，这篇《小嬢嬢》就是90年代的《受戒》，因而被很多的专家学者推荐为1996年的最佳短篇之一。我曾跟汪先生谈过这篇小说，说这是您90年代的《受戒》，汪先生说这个故事是有生活原型的，我一直想写这个爱情故事，现在终于写出来了。汪先生又说这篇小说若名声大了，会惹一些道德批评家们恼火，来批判的。他们这些人不懂审美，你还没办法和他们理论。我知道汪老的担心不是没有由头的，但还是乐观地说，不会的，不会的。

这一次谈话是我和汪先生的最后一次交谈。那天，我在文采

汪曾祺的小女儿汪朝

阁开完黄蓓佳的儿童文学作品讨论会，等吃完晚饭赶到他那里，已是 10 点钟了。汪先生知道我好酒，每次到他家都会喝一些杯。我看他脸色微红，说好，剩下的我包干。每次都是这样，他做完菜，喝两杯，然后劝我喝酒吃菜，他在一旁看着，似乎那桌上的菜不仅是他的作品，连我在内也成了他作品的一部分。这个时候，汪先生还要讲述那道菜的味道是按照什么菜系做的，应该用什么样的原料，他又如何用其他原料代替的。那天，他说今天这个菜是中午做的，有个法国人要吃正宗北京风味豆汁（豆渣），我做了改进，加了一点羊油和毛豆熬的，挺下酒的。我尝了一口，果然。问道：这是老北京的吃法？汪先生说，豆汁这东西特吸油，猪油多了又腻味，而我家里的羊油根本派不上用场，羊油鲜而不腻，熬豆汁正合味。他说"合味"的"合"字发的是高邮乡音 ge。这豆汁果然下酒，汪先生看我吃喝得香，又喝了一杯。我们边喝边聊，快一点钟了，我赶紧告辞。他将我送到电梯口，说，下次到北京再来喝吧。没想到，这竟成了诀别。

这些日子，我回想与汪先生的交往，印象最深的居然是吃。我第一次吃的"山珍"是第一次到汪先生家去吃到的，我认为那或许是天下第一美味。那一天，他装了一小碟子鸡枞，说这是云南的朋友带来的。我第一口没吃出味道来，他说，你仔细嚼。再吃第二口时，我说叫什么。他说鸡枞，一种菌类。我当时并不知这两个字怎么写，问过好多人都不知道怎么写，后来在他的散文里看到了，感到非常的亲切。以后到了云南，有人问我最喜欢吃什么，我说鸡枞，每餐必点，临走时，还带两瓶油煎鸡枞回家慢慢吃。有很多人在我家里吃过鸡枞，他们都觉得好吃。

1988 年的端午节，好像是个星期天。我那时被借调到《文艺报》工作，那一天去看望汪先生夫妇。刚坐下，汪先生想起了什么似的，说，今天是端午节，在家乡要吃"五红"（五个菜必须都是红颜色，据说是为了避邪）。就开始忙碌午饭。汪先生做饭从买菜到拣菜都是自己亲手去做，不要人帮忙，起初我还有点不好意思，后来汪夫人施松卿阿姨说，他一直这样，

汪曾祺和妻子施松卿在高邮湖上

他喜欢做。别人买的菜拣的菜他用不惯。他后来自己在文章里也说过，做菜就得从买菜开始，这是一个完整的构思。那一天，施阿姨饶有兴趣地看高邮人吃"五红"，她数来数去，只有四红，说：老头子，还少一红呢。汪先生将前一天做好的茶鸡蛋端出，说，这儿。我们都乐了，汪先生那一天还说了家乡端午节的风俗，问现在是否还那样，我说乡村"节"的氛围更浓一些，"五红"都少不了。

都说汪先生是美食家，会做菜，也有遗憾的时候。有一次，我到他家吃饭，他做了一盘清炒茭白，汪夫人很奇怪，吃了一口，问他：茭白怎么这么做？他说做给王干吃的，这是高邮做法。问我味道怎么样，我说跟高邮的不一样。汪先生自己吃了一口，很认真地问我是不是做得不好，我说没有高邮的脆，有点干。他若有所思，自言自语，这原料不一样，做出的味道当然不一样，北方的茭白不如南方的水分多，不嫩。看着他如此认真琢磨，我就明白他怎会有那么一手绝活。有一次在他家吃他做的泡菜，很好吃，他就用放果珍的瓶子给我装了一瓶，带回南京吃。

　　汪先生最爱吃的是醉蟹。他在《四方食事》中写道："我以为醉蟹是天下第一美味。"他吃醉蟹真有点"惜蟹如金"的味道。每次来了客人，都只取一只，用刀切成小块，并指点客人慢慢地品。家乡有人送我一两坛醉蟹，我每年都把醉蟹送给汪先生。有一年春节过了好长时间，我担心醉蟹变味，就托路过南京的北大研究生捎给他。因为这同学是坐火车回北京的，我担心车厢太热会让醉蟹变味。第二天，我打电话问他，他说没有送来，语气里颇有些失望。又过了几天，我再问变味没有，他说很好，今天中午有两个韩国客人，我请他们吃了一只，好吃。最后见他那天，我带了一瓶醉蟹给他，他说怎么不是坛子的，我说这是新包装，他竟像孩子见到新玩具一样高兴，哦，是新包装。并问我怎么贮放，我说一般保鲜期四个月，在冰箱能放半年。他当即放到冰箱里。不知道他尝了没有。因为后来他就出差了，再后来就住院了，再也没回家。

汪先生有时候也常露出孩稚之气，1988年的一个星期天，我到他家玩，那天他的儿女孙女全过来了，人很多，家里有点热，吃饭的时候，他的大儿子汪朗说爸爸家里要添置一台电扇了，汪先生说，不要。午饭后，我和他在那个小房间里聊天。他说，我一直觉得电风扇这种东西很可笑，风怎么可以用电吹出来的，我连扇子都不用，只吹自然风，心定自然凉。他家里没有装空调，也没有电风扇。几年以后，他到南京开城市文学讨论会，住在状元楼酒店，天气很热，没有空调是很难受的。我又提起几年前那个话题，他笑了，说，现在也习惯了。不过老在空调房里蹲着容易生病。

汪先生就是这样一个赤诚之人，虽然有自己的立场，但并不偏执。去年，因为他的文集收入《沙家浜》时，漏写了根据《芦荡火种》改编的内容。文牧的遗孀要跟他打官司，他当时很恼火，怎么莫名其妙地当上被告呢？待后来弄清这是历史造成的，就以大家的雅量主动承认了这一不该有的误会。虽然原告并没有撤诉，可汪先生的坦诚和率真获得了众人的认可。

1996年底1997年初的"马桥"风波也将老先生卷了进去，当时11个作家签名要求中国作协仲裁此事，签名的名单中有汪

与夫人、孙女、外孙女在一起

先生，人们有些不解。可后来，有记者采访汪先生时，他坦率地讲了事情的原委："《马桥词典》我没看过，《哈扎尔辞典》我也没有看过，签名是北京作家何志云拿过来的，问我签不签，我对史铁生印象很好，他是一个正派稳重的人，所以史铁生签了后，附带签了名。在这一点上，我不够慎重。"

他就是这么一个明澈的人。

5月28日那一天，在八宝山见到王蒙先生，他说，没想到有这么多的外地作家来。汪老的人缘好。

在高邮生活的那些日子里，我晚上经常一个人散步到汪先生少年时代生活过的草巷口，有时一直走到大淖河边。当时小城还保留着很多旧的格局，我在灯火朦胧的夜色中，猜想汪先生当年生活的种种情境，很想也把自己融进去。有一次在他的故居门前，竟痴痴地待到半夜。直到路过的人以疑惑的眼光盯着我，我才赶紧离开。

当时他的故居是城镇的一家爆竹厂。

有一股奇异的硝香气息在空气中荡漾。

"晚饭花""野茉莉"——夫子自喻

——汪曾祺印象

火腿笋片汤——"老头子"——荷塘写月

这一次见到汪曾祺先生非常开心，老头子知道我来，事先就炖好了火腿笋片汤。为这火腿汤，老头子跑了几家店才买到这金华火腿，他家里的云南火腿很香但有些走油了。老头子是北京城里的著名美食家，许多汉学家常以品尝到老头子的手艺为荣。老头子看到家乡来的人总忘不了"炫耀"一下他的一技之长。

最初，我们称汪曾祺为汪老，后来又觉得太一般化，称汪老为"汪先生"，"先生"的称呼大陆与港台的内涵不大一样，在港台，"先生"大约等同于大陆的"同志"或"师傅"，而大陆，"先生"往往是指那些德高望重、学识渊博的长者。只是近几年来大陆的"先生"也贬值了，与港台的"先生"差近无几了。现在则干脆称"汪先生"为"老头子"了，这是他们家人的叫法，我们叫惯了也挺亲切自然的。

饭前，老头子得意扬扬地请我欣赏他的国画新作，他夫人施松卿说："这是老头子最得意的作品。"老头子家里几乎不挂字画，只有张大千的一幅油画，也是带有小品味道的，与他个人的审美理想极为吻合。老头子平常画画多半为了娱兴，画完了就叠在书橱顶上，有朋友来索，便挑一两幅题款送上。这一次老头子不但没有扔到书橱顶上，反而请人裱糊好，端端正正地挂在客厅里，可见其喜爱的程度。这幅画名"荷塘月色"，用了现代散文名家朱自清的旧题，但构想奇绝，用墨古怪。题为荷塘月色，但画面上只有密密麻麻的荷叶，并没有出现月亮，但那些摇曳的荷叶又让人真切地感到月光的存在。这种构想可谓深得中国传统美学的精髓。记得宋代皇家画院"招聘"画士，命题作文为"踏花归来马蹄香"，很多画家都在马蹄上沾上很多花瓣，唯有一位画家独辟蹊径，荣获"状元"，他没有画马蹄上的花瓣，却画一只小小的蝴蝶去追逐急速奔驰的马蹄，奇妙的构思让这位画家一举夺魁。近人齐白石也有类似的杰作，

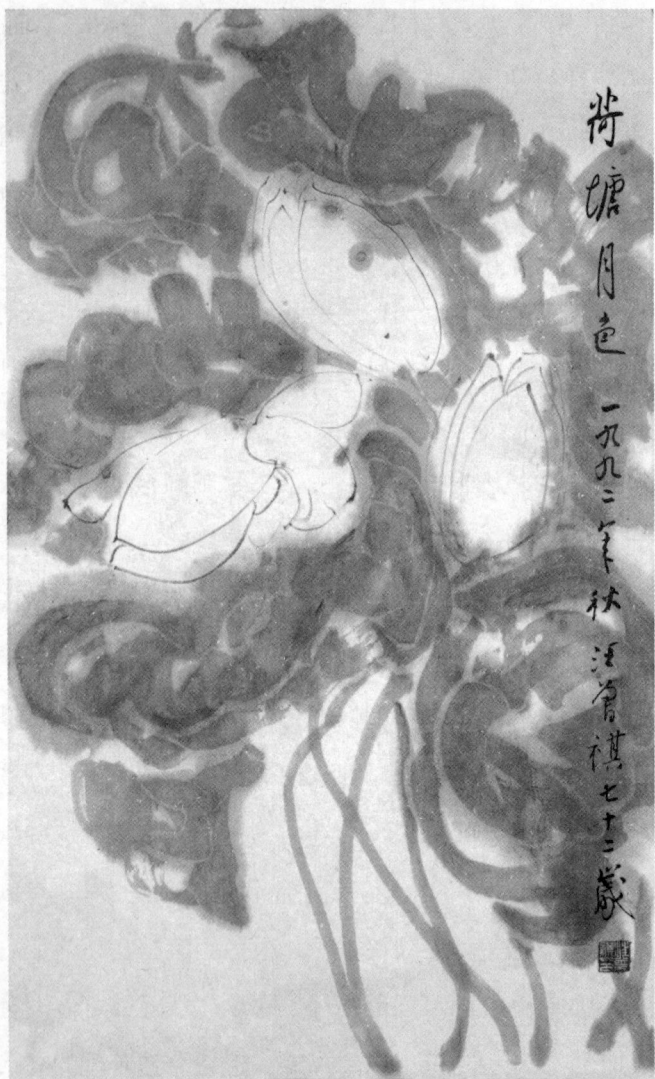

荷塘月色 一九九二年秋 汪曾祺七十二岁

1992 年秋，汪曾祺绘《荷塘月色》

在一幅题为"蛙声十里出山泉"的国画中，齐白石在一汪山涧里点缀一队小蝌蚪，意境全出。汪曾祺的这幅画虽全副笔墨在画荷，但意在写月，你能感受到一轮皓月当空，水银似的光辉浸润着这风姿绰约的荷花池塘。这是一幅纯粹的水墨画，但水墨画的特点往往透过用墨来表现事物的意态与层次感，可汪曾祺在这幅画里居然平均用墨，而且用的是淡墨，没有强烈的层次感，更没有深度感，完全平面化了。拆除深度模式、建立平面的叙述模态本是"后现代"的文化风尚，可作为中国"最后一个士大夫"怎么也如此"新潮"呢？不是汪曾祺故意追效"新潮"，而是出于老先生的美学追求，他的小说、散文都努力表现一种"和谐"的美学境界，而这种取消层次感以抹平事物的"反差"的平面化做法正是为得一种"和谐"。

我把上述想法讲了以后，汪老夫妇都开心地笑了。

不出一次早操而肄业——裤子后面两个大洞
——心里早把帽子摘了

汪曾祺出身书香门第，是古城高邮自秦少游、王念孙、王引之以后出现的又一个文化名人。汪曾祺19岁离开家乡，到1981年60岁时才回到他梦绕萦回的故乡。少年时就读于江苏省江阴南菁中学，后就读于西南联合大学中文系，是著名作家沈从文的学生。现离休住北京蒲黄榆。

有一次我去汪家与两个老人聊天，汪夫人施松卿先生揭起了老先生的"短"，说汪曾祺在西南联大没有毕业，而是一张肄业证书，我当时好生奇怪，这么聪慧的人怎么会不毕业呢？原来事情是这样的：汪曾祺好静不好动，平常很少参加体育活动，上了四年大学，居然没有出过一次早操，体育自然也就不及格，当时正在抗战时期，国家对大学生的身体素质要求极高，体育不及格只能肄业，肄业就肄业罢，汪曾祺也不在乎，肄业并不影响写小说，也不影响找工作。我问他为什么不出早操，老头子说我这个人喜欢睡懒觉，早上起不来，另外出早操我没有运动裤，我的裤子屁股后面有两个洞。哈哈，哈哈。在朗声大笑之余，汪夫人施松卿叹了一口气说，因为肄业，老头子没能够随国民党部队去缅甸作战，他的同学很多死在缅甸，活下来的在"文革"也被折腾得半死不活，原因是他们给美军做翻译，"里通外国"。满座唏嘘。平常无忧无虑的汪曾祺也失去往日的平和，半天也没说一句话。

汪曾祺的运气好，瘦弱的身体和好静的性情让他免遭战火之灾和"文革"之难。可生活在现代中国，纷纭的战事和纷纭的"运动"会让任何人也"在劫难逃"，虽然汪曾祺与世无争，

汪曾祺的母校西南联大

汪曾祺先生20世纪60年代在张家口（右一）

淡泊人生，可 1957 年的"阳谋"仍然把他划定为右派，便从北京发配到张家口外的农科所接受"改造"。汪曾祺因什么"罪"名被定为右派，我已经不知晓，他自己也可能忘记了，但他在谈起"平反"一事时非常气愤："我可不要什么人给我'平反'，我心里早就把这顶帽子摘了，我自己是什么人，我心里有数。"

《沙家浜》编剧——大胆描写市井民俗——寻找缝隙张扬艺术个性

很多人都喜欢京剧《沙家浜》，很多人都知道京剧演员洪

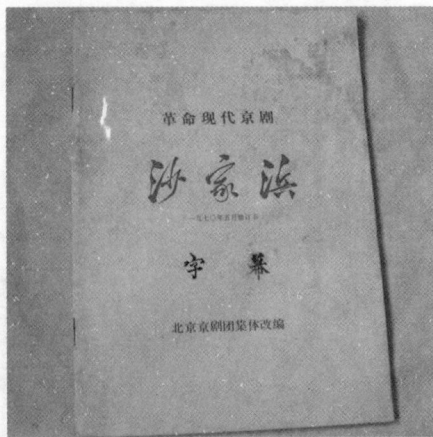

汪曾祺执笔《沙家浜》

雪飞，很多人都知道阿庆嫂，但很少有人知道《沙家浜》的编剧是谁。汪曾祺也不在乎人家知道不知道。因为这部"样板戏"，汪曾祺曾经登上天安门城楼，也因为这部"样板戏"，汪曾祺被审查"说清楚"了一段时间，后来发现了他没有写过效忠信，也没有干过卖身投靠的勾当，更没有以"样板戏"的名义去整人批人，只是一个普通的编剧而已。

说实在的，在八个"样板戏"中，《沙家浜》是最难体现"江青反革命集团"的文艺思想的，比如"三突出"，原来《芦荡火种》里阿庆嫂的戏比郭建光重，后来改成《沙家浜》让郭建光成为第一人物，可人们印象最深的还是春来茶馆的老板娘阿庆嫂，特别是《智斗》这场戏可以说是现代京剧的经典之作。再一个就是《沙家浜》是"八大样板戏"中唯一让英雄人物有情有欲有家属的。《红灯记》《智取威虎山》《奇袭白虎团》《海港》《红色娘子军》等戏中的英雄人物全没有丈夫或妻子，全不食人间烟火。《沙家浜》是一个例外，阿庆嫂连自己的名字都没有出现，是用的丈夫名字加一个"嫂"字来称呼。而且在戏里公然出现"阿庆呢？"这样的台词，以表明阿庆嫂的丈夫存在，不像其他的样板戏避而不提。还有，胡传魁与阿庆嫂之间的关系也是颇耐人寻味的，刁德一对阿庆嫂的提防与探寻心理，除了特有政治性因素（新四军）以外，还隐含着对他人隐私的窥

图（右起）洪雪飞（阿庆嫂扮演者）、汪曾祺、杨毓敏、军代表、万一英（沙奶奶扮演者）、不详、《沙家浜》导演迟金声

探本能，胡传魁的报恩之心与阿庆嫂的救命之恩隐藏着感情的波澜，而这种感情波澜又与男女之情难以划开明显的界限，刁德一的阴阳怪气的试探性询问一方面是出于职业性的需要，更大程度上是源于他那有些变态的性戒备心理。在《沙家浜》里，胡传魁固然是草包的角色，但总是作为一个男人存在，而刁德一虽然精明细心，但他在《智斗》一场中表现出的窥淫欲、吃醋劲、小心眼，处处是女性化的思维方式，讲话亦是女性化的口吻。《智斗》这场戏之所以精彩，除了它具有明确的意识形态意味（以两种智慧的较量来说明共产党新四军的伟大与高明）

外，还具备某些性心理内涵。

《沙家浜》还透现着浓郁的地域文化色彩，这种地域文化色彩不仅呈现为鲜明的江南水乡的风情，还在于大胆地描写民俗并把民俗作为整个故事的有机组成部分。《沙家浜》在整个样板戏中是一个不和谐的音符，虽然努力强化它的革命色彩，但怎么也不能消除它渗透到骨子里的市井文化气息。为塑造郭建光而增加的几场戏是乏味的、概念化的，而阿庆嫂仅有的两场戏都极富情趣，而这种情趣都与市井文化分不开。在《沙家浜》里春来茶馆则是作为这种市井文化的象征，因而茶馆老是抢芦荡（芦荡是意识形态、政治的象征）的戏，郭建光老是被阿庆嫂淡化。《沙家浜》最后郭建光带领伤愈的新四军战士全歼胡传魁部队又是一出充满市井文化气息的喜剧，郭建光和阿庆嫂选择的时机正是胡传魁张灯结彩结婚的喜庆日子，这多少淡化了这场阶级斗争的庄严性和深刻性。而那位"常熟城里的美人"的到来则意味着阿庆嫂的"失宠"，郭建光对沙家浜的重新占领则意味着两个男人之争的天平倾斜到郭建光这一边来。《沙家浜》整出戏竭力回避郭建光与阿庆嫂的会面，可奔袭的胜利意味着郭建光将胡传魁取而代之成为春来茶馆的第一号主人，军民鱼水情深的佳话继续传诵下去。

这么多对《沙家浜》的议论，可见汪曾祺在文网严密的时代里仍努力寻找缝隙张扬他自己的艺术个性。事实上，他对市井文化的谙熟到后来的小说创作尤其小城高邮系列小说里发挥得更加淋漓尽致，《受戒》《大淖记事》等都或多或少可以见到阿庆嫂或胡传魁的影子。汪曾祺对《沙家浜》比较满意的是台词，"垒起七星灶，铜壶煮三江"，这在任何时候都有独特的语言魅力。年近六旬的"青年作家"——小说可以这样写？

晚饭花和野茉莉

汪曾祺的成名并不是因为《沙家浜》，而是因为他的小说和散文。《沙家浜》固然有很多耐人咀嚼之处，但并不是个人的完整作品。他的艺术个性不得不屈从当时政治的指挥棒，汪曾祺最终出现在新时期文坛时是被当作"青年作家"看待的，虽然他当时已年近六旬，虽然他在 40 年代初就在郑振铎主编的《文艺复兴》上发表短篇小说《小学堂里的钟声》，虽然 1979 年出版的《建国以来短篇小说选》收有他的《羊舍一夕》，可人们并不知道有一个汪曾祺。

他的《受戒》《异秉》《大淖记事》发表以后，人们大吃一惊：小说还可以这么写？！

汪曾祺微笑着：小说可以这么写。

汪曾祺《羊舍一夕》手稿

从那时起，在文坛就悄悄掀起一股汪曾祺热，到近几年仍在增加。

有人能大段大段地背诵他小说的文字；

有人用毛笔把他的小说抄了一遍又一遍；

去年一年他就出版了六本书。

这六本书都不是他新写的，而是他的作品被各个出版社按照各个"题目"选取集辑出版。他的写作产量并不高，他的写作也没有太多的计划，出版的书中相互之间有不少篇幅是重复的，可每本书的销路都异常地好。他在作家出版社出版的散文集《蒲桥集》已经印了第四版，可书市上还是看不到。

这是老头子没有想到的。

这也是很多小说家没有想到的。

评论家也没有想到。

出版商也没有想到。

汪曾祺自在西南联大师从沈从文先生四十余年来一直默默无闻，想不到"黄昏时节"竟会成为文坛经久不衰的一个"热门话题"，他将自己的小说集命名《晚饭花集》，将自己的文论集定名《晚翠文谈》，并专门写过一篇题为《晚饭花》的小说。他在小说前为晚饭花作了这样的注释：

晚饭花就是野茉莉。因为是黄昏时开花，晚饭前后开得最为热闹，故又名晚饭花。

这颇有些夫子自喻的味道，但极耐人寻思。一个"野"字，一个"晚"字，将汪曾祺摒开主流文化之外，所以他不止一次地说，我的小说是不能发头条的，可"野"并不见得比"正宗""正规"缺少魅力，而"晚"更不意味着比"早"缺少生命力，他作品的文化底蕴、艺术气韵都标示着一个时代的终结：后无来者了。

所以人们更加喜欢他，更加珍视他，这有点像人类对待大熊猫的感情。

老头子开心时能多喝两盅，他有一阵心脏不太好，医生建议他不喝酒或少喝酒，家人对他实行酒禁，可后来发现禁不住。他经常偷偷地在小酒馆里喝上几盅，而出门开会则更加"肆无忌惮"了。鹤发童颜、眉目慈善的施松卿夫人送我下电梯时说："不禁了，不禁了。"

老头子笑了，天真无邪地笑了，我转身猛然发现，七十多岁的汪曾祺的眼睛里居然是清纯明亮，满是稚气，像个七八岁的孩童。

美丽的梦，感伤的诗，文化的画
——评《故乡的食物》等兼谈散文"朝花夕拾"的特性

也不知从什么时候开始的，散文变成了"轻骑兵"，变成了单纯"时代精神"的传声筒，变成了号角，也变成了匕首、投枪（这本是杂文的功能）。散文丧失了原有的风姿，成了政治的装饰品，成为政策口号的图解工具，它的短小、精悍、灵活、迅捷与新闻完全等质了。这是散文的悲剧。

新时期散文创作，一开始便显得步履艰难。虽然在内容上根绝了假、大、空，但由于特殊的历史条件与社会环境，经历了大悲大喜的人们急于表达自己的悲愤、控诉和激励、兴奋的心情，人们（作者、读者）更多的是宣泄压抑太久的思想和情绪，还来不及把眼光调转到散文的艺术本身。后来一段时间，杨澜式散文模式被纷纷效尤，表明人们已经开始注意到散文的艺术美了，但由于整个散文观点的陈旧，使得这种杨澜式越来越明显地成为散文艺术发展的障碍。

当新时期文学创作趋向平复、趋向常态时，散文也开始寻找自己的形态了。张洁、汪曾祺、艾炫、贾平凹、忆明珠、舒婷等人，他们是真正把散文当作散文来写的，或者说他们具有散文创作的自觉意识，更多地注意到了散文创作的艺术规律。值得注意的是他们当中不少人把散文作为"副业"，而主要精力在小说、诗歌创作，因此似乎更加自由而且随心所欲，也更能接近散文艺术的旨蕴。

在这种形势下，我们来阅读汪曾祺的《故乡的食物》（原载《雨花》1986年第5期），便会更亲切地感受到散文真正回到了自身。

按照我们某些文学理论教科书的定义，《故乡的食物》不论怎么说也算不上能以"轻骑兵"命名的散文，没有"时代的最可贵的精神"，没有"串珠一般的思想红线"，也缺失所谓"情景交融的意境"，也没有显示"智慧的火焰"，只有炒米、焦屑、虎头鲨、昂嗤鱼、砗螯、螺蛳、蚬子、野鸭、鹌鹑、斑鸠、鹨、蒌蒿、枸杞、荠菜、马齿苋这些很难登上文学殿堂的"俗物"，

彭匋、汪曾祺、贾平凹（左至右）合影

太琐碎了，太平淡了，这也是散文吗？

这，正是散文。

我们不妨先摘其关于马齿苋的一段文字来欣赏：

马齿苋现在很少有人吃。古代这是相当重要的菜蔬。苋分人苋、马苋。人苋即今苋菜，马苋即马齿苋。我们祖母每于夏天摘肥嫩的马齿苋晾干，过年时作馅包包子。她是吃长斋的，这种包子只有她一个人吃。我有时从她的盘子里拿一个，蘸了香油吃，挺香。马齿苋有点淡淡的酸味。

马齿苋开花，花瓣如一小囊。我们有时捉了一个哑巴知了，——知了是应该会叫的，捉住一个哑巴，多么扫兴！于是就摘了两个马齿苋的花瓣套住它的眼睛——马齿苋花瓣套知了眼睛正合适，一撒手，这知了就拼命往高处飞，一直飞到看不见！

三年自然灾害，我在张家口沙岭子吃过不少马齿苋。那时候，这是宝物！

作家在侃侃介绍故乡的食物时，如数家珍，如痴如醉，丰富有趣，韵味淳浓。"这知了就拼命往高处飞，一直飞到看不见！"对童趣的寻觅忧伤而明亮，使人感受到一颗不老的童心在跳动，洋溢着生命欢乐的欣悦。而写到三年自然灾害时，寥寥数语，平淡如水，并不叙述马齿苋的味道如何，吃法怎样，而是以"那时候，这是宝物！"七字戛然收尾，力拔千钧，其余味令人细细咀嚼，深意尽在不言之中。

当在一个片段上进行品评时，也许还脱不了过去那种习惯的分析窠臼。我们还应该对作品进行整体上的审美把握。

《故乡的食物》是写文化的。食物，是人们每天都要接受，每天不可或缺的东西。食物，是一个地区地域文化的显著标志之一。比如南方人爱吃大米，北方人爱吃面食，这是非常显著而不太可能混淆的。食物的制作方式和食用方式也往往能够体现出不同的文化特色，西餐和中餐的区别，不仅在于食物品种的不同，甚至餐具也"泾渭分明"，筷子与刀叉便是不同"文化"的产物。"食色，性也。"食，本是人类最基本的生存方式和手段，但长期以来，我们的文学对此老是采取回避的态度。仿佛"食"有什么罪过、丑恶一样的。陆文夫的《美食家》把美食堂而皇之推向了文学的殿堂，以"吃"的变迁展现时代的轨迹；张贤亮的《绿化树》大胆地披露饥饿感，以传达那个灾难岁月特有的氛围；阿城的《棋王》写王一生"食"与"棋"，从人性的最初层次入手，思考人性的最高层次。但汪曾祺之所以成为汪曾祺，就在于不走别人的路，能够另辟蹊径（其实不要辟，他这条路别人走不了）。他也写食物，但他不像陆文夫、张贤亮是把食物当作一种引信、当作一种媒介，通过"食"的描写来反映政治的、社会性的主题，也是不常说的"以小见大"。汪曾祺是纯粹地心平气和地描写食物的形状特征、制作过程、吃法和味道，并信笔介绍一些生物、植物的生长情况和特点，还穿插一些带考证色彩的文献记录和带有神秘色彩的民间传说，并巧妙地引进一些与食物关联的民俗活动。像端午节"熏五毒""十二红"等都十分自然地与"故乡的食物"联系在一

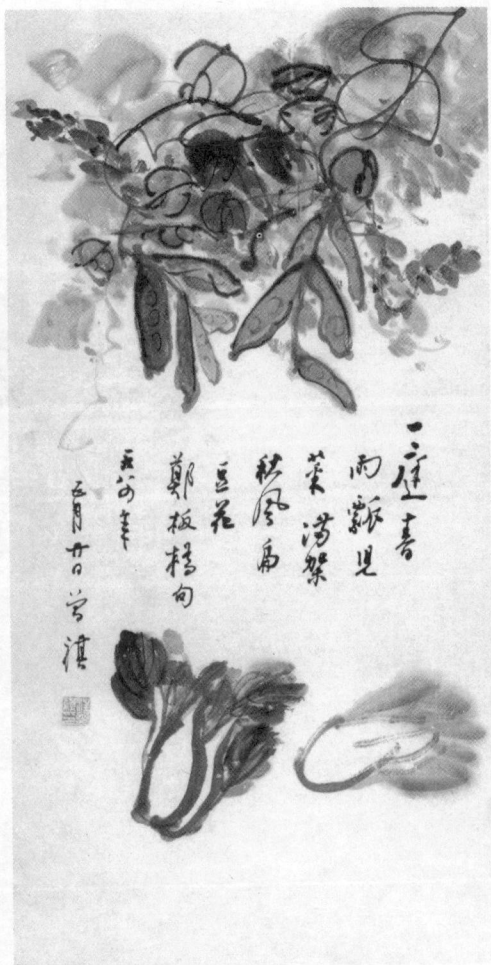

一庭春雨瓢儿菜，
满架秋风扁豆花。
　　　　　郑板桥句
一九八四年五月廿日　曾祺

一九八六年四月　曾祺写

苦瓜和尚未尝画苦瓜；冬苋菜即
葵，此为古人主要蔬品，滋味香滑，
北人多不识。

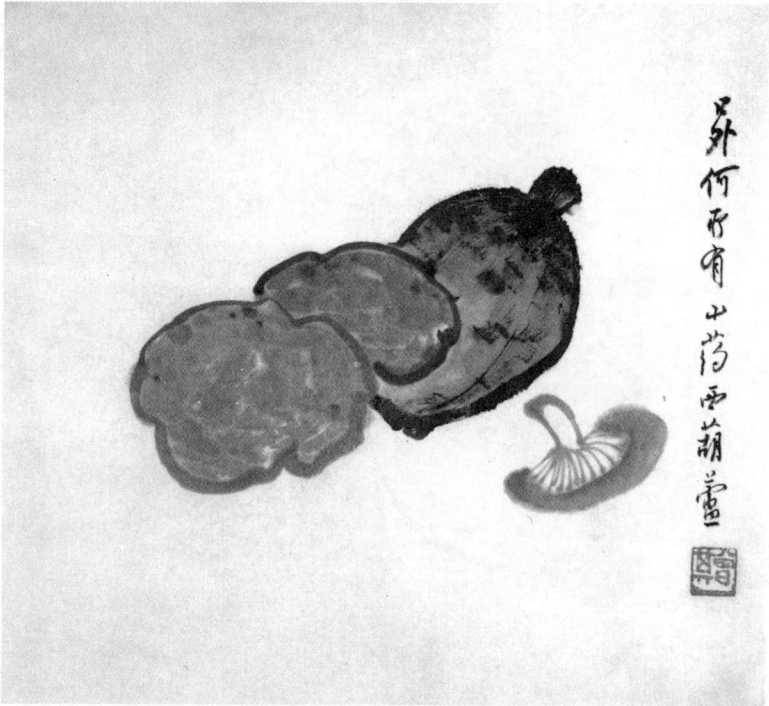

口外何所有，
山药西葫芦。

水乡赖此救荒

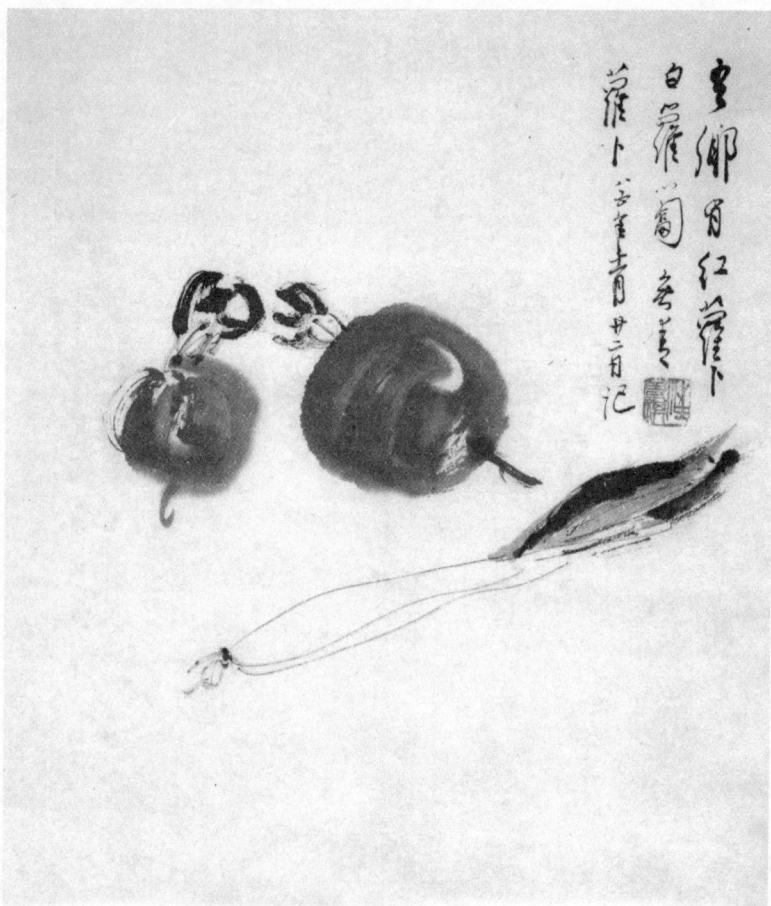

吾乡有红萝卜，白萝卜，无青萝卜。

八五年十一月廿二日记

起，传达出了苏北里下河地区特有的风俗人情。汪曾祺以一种纯文体的笔触勾勒了一幅地域文化的独特画卷，颇似一册微型的百科全书。记得汪曾祺曾在《安徽文学》上发过一篇散文《葡萄月令》，那是一篇以"月令"的形式写成的好像是介绍栽种葡萄技术的散文，但全篇洋溢着对自然的挚爱，对生命的挚爱。而《故乡的食物》则用"菜谱"的形式精心地介绍了富有特色的家乡食物，并把介绍置于地域文化的描绘之中，洋溢着浓烈的乡土情和深厚的人情味。汪曾祺是以诗的笔触来抒写故乡的旧事旧物的，因而笼罩着一种美丽的、感伤的色彩，淡淡的，很容易引起人们审美情绪上的共鸣。汪曾祺是不大直接描写"现在进行时"的生活内容的，他总是喜欢到故乡到童年这样一个特定的时空中去寻觅题材，总写得那纯净，那么带着一层淡淡的忧伤的诗意。不仅《故乡的食物》如此，《葡萄月令》和其他的散文亦如此。不仅汪曾祺如此，其他作家的散文也都是如此，往往笔触一回到故乡，一回到童年，一回到昨天，流畅起来，一切都变得美好起来，一切都变得富有人情味，一切都变得那么令人恋恋不舍……远的有归有光的《项脊轩志》，近的则有鲁迅的《朝花夕拾》、朱自清的《背影》，周作人的散文小品，写得令人动情，写得令人心旷神怡，而今天有影响的散文也大多数是这种"朝花夕拾"之作，这种文学现象说明了什么？

　　弗洛伊德把文学作品看作梦的一种具体演绎，显然有其合理的成分，但却把它推向极端了。"朝花夕拾"的散文其实也是表现美丽的梦，艾煊曾经把自己回忆童年生活的一组散文的主题目叫作《醒时的梦》，梦是睡着之后才会出现的情景，而醒时的梦则是起初的、富有感情的，更具有诱人魅力的回忆。那过去了的生活远在千里，近在咫尺，美好却永远不能接近，只能在回忆中享受，不是像梦一样美丽吗？因为逝去了，人们便更加珍惜，因为不能重新到来，人们才更加怀念。并不是所有的文学都要与生活拉开距离，但是散文尤其是这种"朝花夕拾"性的散文却必须与生活拉开距离，才能获得一种审美的近距离享受。"必须把热腾腾的生活熟悉得像童年往事一样，生活和作者的感情经过反复沉淀，除净火气"，这是汪曾祺小说创作史上的甘苦之言。由于汪曾祺在小说创作时是以一种散文化的态度进行的，因而实际上他的这一观点似乎道出了散文创作的内在规律。或者说，更能体现散文创作中作家艺术思维的个性和特点。

　　这不是怀旧吗？

　　是怀旧。

　　怀旧并不是说过去的什么都好，并不是旧的都值得怀恋，更不是死抱住不放，有一种遗老式的病态，而是在生活的这段历程中驻足，回视一下生命青春的颜色。而且对于一些杰出的作家、思想家，怀旧更是对过去的反视，是对历史的沉思。巴金的《随想录》有不少怀念故旧之作，但说出许多真话，令人汗颜。鲁迅的《朝花夕拾》全都是怀旧之作，但他是一个前视的伟大思想家、文学家。怀旧是人的天性。怀念故乡亲友，是人正常的健康的感情，在忆旧的过程中，人往往容易理解人、谅解人，体现一种宽容的人道精神，而使生命超越急功近利的困扰，升华到更明澈的境界。

怀旧总带有许多感伤。

是的，感伤常常是诗意的。

感伤与感伤主义不同。感伤并不都是消极颓唐。感伤是一种对时间的珍惜，对人生的挚爱，对生活的热爱。生活冷漠的人是不会产生感伤情绪的。文学不排斥感伤，感伤可以升华为一种非常崇高美好的感情。曹雪芹是感伤的，屈原是感伤的，李商隐是感伤的，但他们的作品又是那么美丽，那么动人。感伤是热情的另一种表现形式。

因而，我们倒希望散文多写些感伤、怀旧的美丽之作，牢固地占领"朝花夕拾"的领土。朝花夕拾，很可能是散文在多元化文学潮流中的新选择，能够与小说、诗歌、戏剧抗衡的生存方式。

我们曾经在一篇短文中，对散文的未来命运作过一些思考，当散文被来自其他文学样式的睥睨时，笼统地提出振兴繁荣散文是不可能的，也是不必要的。但这并不意味着我们否认散文的存在，甚至也不意味着我们否认散文的发展。只是，我们面对这样的严峻事实，从散文的自身的不稳定性、模糊性、过于广泛的过量性中解脱出来，比较明智地认清散文创作中若干实际几乎无法逾越的阻碍。这样，也许更好些。所以，借论汪老散文之际，提出散文"朝花夕拾"的特性。尽管这样一来，散文的领域是变得狭小了，但也许变得愈有可能了，其审美特性也变得纯粹而凸出了，而改变目前个性模糊的局面，更趋于散文自身。

（本篇与费振钟合作）

汪曾祺印象记

我第一次谈汪曾祺发表在《雨花》的《异秉》时，老觉得他写的王二就是我的祖父，很像。我祖父人称王五，不是卖熏烧，是开蛋行的。那时，我记住了汪曾祺和王二这两个名字。

那不是第一次读汪曾祺的小说。最早读他的小说，是"文化大革命"期间，我小学毕业的时候，暑假在外婆家，从四舅的抽屉里翻到一本旧《人民文学》，上面有一篇小说《王全》，很耐看，至今印象很深。粉碎"江青反革命集团"以后，这本杂志被我带到高邮师范，时常在课余翻阅，爱不释手。但当时并没有记住汪曾祺这个名字，只记住了王全。

汪曾祺先生是我的长辈，又是我的启蒙导师；在文学上，他使我感到惊异，又使我感到神奇。我老是想在小说中把握他的形象，又老是把不太准，老是不能与印象中的人物吻合，总有那么一截子距离。我必须写出我的印象来。尤其是他这一次回乡之后，我更应写，也觉得更好写了。

我与汪曾祺先生见过四次面。北京两次，高邮两次。不算熟悉，也不算很生疏。这时候往往容易贮存一些最新鲜的直感。太熟了，反而倒也会没觉着什么。

第一次在高邮的百花书场。现在说书没人听了，放录像。当时我不在高邮工作。因为景慕汪曾祺的小说，一段时间我竟能整段整段地说出来。我爱人特地打长途电话告诉我：回乡后的汪曾祺要做学术报告，我便从百里之外的兴化坐了四个小时的轮船和一百分钟的汽车赶到高邮。已是下午两点半了，匆匆进入会场。还好，报告还未开始。不一会，汪先生由陆建华同志陪同，上了讲台。我远远觉得他满面红光，精神气儿十足，滔滔不绝讲了两个小时，谈到自己的小说，也谈鲁迅、沈从文、孙犁，也谈艾略特、契诃夫、舒婷。我几乎是将他的话"吃"了下去，笔记本上密密麻麻，汪先生谈兴未足，只恨天色已晚，只得抱憾归去。

那是一九八一年秋。他谈的不是文学外部的东西，而都是些关于艺术本体、内部结构方面的见解，尤其他对语言的阐释颇为深刻。不少人在谈论文学本体以外的内部都津津有味，头头是道，可一进入艺术内部结构便泛泛地一带而过，而汪先生却能深下去，很难得。在今天，仍然很难得。

1982年，《鉴赏家》发表在《北京文学》，我和同学费振钟、陆晓声看过后极为欣赏，感觉特别好，就写了一篇万言文章专论《鉴赏家》，后来索性扩展开去，写成了《论汪曾祺短篇小说的艺术风格》一文，发表在《文学评论丛刊》25辑上，这是我们第一次写评论文章，也是第一次发表评论。

1983年10月，我出差到北京。我想借机去拜访一下汪老先生，但打电话给他的工作单位北京京剧院，那接电话人答道："谁呀？汪曾祺？我们团里没这个人。作家？写小说的？没有。

启蒙导师汪曾祺

肯定没有。"很扫兴。我望着窗外越卷越大的风沙，叹了一口气，心想：北京真大，也真小。居然有人不知道汪曾祺。

1984年，我将临摹汪曾祺小说的一篇小说请陆建华同志转寄给他，请他看看，提些意见。说实在的，这篇小说我写好已有好长时间，但实在没有勇气拿出来。谁知汪先生认真地看过了，像老师批改作文一样，有眉批，也有总批，连错别字也一一改了出来，并提出了一些建设性的意见。我接到之后，又是羞惭，又是感动。在他的激励之下，我根据他的意见，又重新结构了小说，将小说寄给了《安徽文学》。这家刊物的同志一眼便看出"汪味"来，发在当年的第10期，题目便是《除夕，初一》。今年汪先生回到高邮时，知道后，很高兴。这是一篇有关我祖父的小说。

第二次见面，才是真正的见到"面"，在北京，他家里。那时我和金实秋、费振钟同志去北京参加文学评论进修班学习，都有一个共同的愿望，代表故乡人去看望他。那几天，他很疲倦，刚刚为《光明日报》赶写过一篇评阿城小说的文章《人之所以为人》，心脏也有些不舒适。"医生说，酒也不能喝了。"语气饱含惋惜。

第三次见面，仍在北京，仍在他家里。第二次见面后的十天。这一次他精神很好，刚在家里写过字，又似1981年做报告的样子。我们三人与他闲聊，谈他的小说，谈他的字画，谈他的"美食家"趣闻。他谈他的书法，谈北京有一家出版社居然请他撰写一本菜谱的趣闻，谈台湾有同胞说他发表在《文艺复兴》（郑振铎、李健吾主编）的《小学里的钟声》是中国最早的意识流；谈他的小说构思，说到精彩处，就孩童似的念了起来："叮铃铃，叮铃铃，你妈妈是个螺蛳精！"（当时他正写小说《螺蛳姑娘》）。他从书橱顶上拿下一大摞字画，向我们介绍解说，我们也谈中国书画艺术对他小说结构的影响，他点头称是。我看到一幅构图极为古怪：两枝光秃秃枯干，缀几点梅花骨朵儿，极为简洁，很有韵味，我一下子想到他刚发表的小说，说"这是《日晷》

陆建华（左）和汪曾祺（右）在畅谈

的结构"，他很得意。事后，他将这幅国画送给了我。

今年十月下旬，汪先生应省作协邀请来南京、扬州讲课写作。途中，特抽空回高邮一趟。那天晚上，他微醺中，紧紧抓住我和费振钟的手，半晌，才说出一句谐语："高邮有你俩，我可以走了！"

真是个老小孩！我将这感觉告诉他。

嘿嘿。他笑了。张辛欣叫我是老玩童！还没大没小称呼我哥们儿。

在上海，他称黄蓓佳"乡兄"。

趁着他应酬客人的空闲，我们几个便和他闲聊起来，从北京到高邮，从南京到南斯拉夫，从林斤澜、何立伟、徐晓鹤，谈到"寻根"，谈到"文化"，谈到"走向世界"，他时有与众不同的见解，他一会朗声欢笑，一会又窃窃私语。他突然附上我的耳旁："我最近发现，咸菜也有'根'"，他用食指在左手手心比画着："醢，这是酱菜；菹，这是酸菜……"他连训带诂，井井有条。我说："你现在被奉为'寻根'的最早领袖了，一个老头带一帮小伙子，真有趣。"

"寻根是需要的，我只寻到了昨天，他们越寻越远，都寻到前天、大前天，一直寻到盘古那儿哪！"

我又问："你十九岁离开高邮，到很多地方生活过，上海、四川、云南、北京、张家口、内蒙古，这些地方的地域文化对你写小说是不是提供了较多的参考系统？"

"是的。俗说身在山中不识宝，愈是远离家乡，对家乡似乎愈是理解。要写出乡土性的民族的小说，封闭于一地一城是写不好的。我离开高邮后，愈觉出高邮话的特别之处，虽然现在已经说不熟练了，但写起来却很管用。"

"我最近到国外去了一趟，似乎对中国的了解、理解深了一些。鲁迅说，愈是地方的，愈是民族的，也是世界的。这句话有道理。最近，高行健陪一个法国汉学家到我家里来，中午我做了几个家常菜招待他俩，这位汉学家连声称好。"

"几样什么菜？"我颇有兴致。

"那是糊洋人的。在高邮，根本拿不出手。煮毛豆，汪豆腐，三鲜汤……那汉学家起初连毛豆壳都吞了下去，还得我教给他怎么吃法，嘿嘿。"

他开心地笑了。

"煮毛豆"，是高邮的"特产"。所谓"毛豆"，即未成熟的黄豆，或叫"青黄豆"，这"毛"即未成熟的意思，如"毛头小伙子"。"煮毛豆"的做法极其简单：将毛豆先用剪刀剪去两个角，然后放入锅中，加些水，放些盐，其他什么作料也不要，只要掌握好火候即行。短了，豆生；过了，色黄，味次。

然后盛上，雪白的盘子，碧绿的豆荚鼓鼓地凸起，十分的盈目，吃在嘴里，异常鲜嫩，有一股淡淡的来自大自然的清香。

那味道有点像汪曾祺的小说。

今年九月，我在北京参加"新时期文学十年学术讨论会"，一次与李陀同车，一前一后我们便谈起了汪曾祺先生的小说。我与李陀本不相识，但因为汪曾祺小说的缘故，话便投机起来。

我说，县文联准备在高邮召开一次汪曾祺小说艺术讨论会。

李陀竟感动地说："多有意义，在他的家乡开这样的会。"

1993 年，汪曾祺与文学评论家陈晓明、作家范小天以及现任《小说选刊》副主编王干在海南三亚

我嘱咐李陀，假如能开成的话，一定要来。

李陀答应了。

我期望这一天的到来。

"美食家"汪曾祺

　　陆文夫的《美食家》发表之后，招致了不少麻烦，有人怀疑他便是"美食家"，还有人邀请他加入烹饪学会，弄得他几次著文解释说明素材的来源。其实，作家中真正的"美食家"不是陆文夫，而是另一位江苏籍的作家——居住在北京的高邮人汪曾祺。

　　这是北京作家对汪老的雅称。当然，"美食家"的内涵，已经包含新的意义，是一种诙谐的褒奖。汪曾祺与朱自冶有着质的区别，他不仅谙熟吃经食谱，更主要的是一位烹饪的好手。

　　汪老善于品尝佳肴美味，也擅长烹调之术，非始于今日，由来已久矣。只是在江苏同乡陆文夫的《美食家》发表之后才被赋予这一头衔的。这与他平常注重民俗风情的创作宗旨是分

汪曾祺先生不仅是作家，还是美食家

不开的。年轻时，汪曾祺走南闯北，由于极爱观察当地的民俗人情，衣食住行，自然会品尝到多地的特色风味，这在他的小说里有所反映。早年的《落魄》里对"绿杨饭店"的描写，充分表明他对饮食行业的熟悉。近来的小说，有一篇直接以"黄油烙饼"作为题目，《八千岁》写到高邮小吃大炉烧饼、三鲜面，《七里茶坊》里描写到云南酒、昆明食的特色，《异秉》写熏烧，"附近的空气里弥漫着王二家飘出的五香味"，这种灵敏的嗅觉，非出自深谙食性的美食家不可。食，同为民俗的一个重要组成部分，以风俗画作家著称的汪曾祺岂能忽视？

　　这样看来，汪曾祺具有较高品尝食味的审辨鉴赏力也就很自然的了。

　　一九八一年《钟山》在太湖举行笔会，汪曾祺、宗璞等作家应邀参加，为了招待这些风尘仆仆的作家，主人举行了一次宴会。当一盘代表无锡风味的清蒸桂鱼端上桌之后，大家都吃大鱼，而汪老却挑小的。众人不解，问之，汪老笑而不答，要他们拈一块尝尝。一尝，小鱼果然鲜美异常，忙问什么道理，汪老说：小的是活的。又问：你怎么知道？答：看吧。真是独具慧眼。大家尚在寻究奥秘所在，而聪敏的宗璞则看出了诀窍，她看汪老的筷子行事，汪老吃什么，她就拈什么，果然味道均佳。以后每逢宴会，宗璞总是坐在汪老的旁边，既听到了津津有味的食经，又不会滑过一项美味。

　　如果把汪曾祺当作一位只精通吃经的吃客，那就大错特错了。他之为北京作家们钦佩，是他那精湛的烹饪的手艺。长期的观察、品尝，既培养了他很高的胃口，也锻炼了他的铲子。汪老的家乡高邮，对饮食颇为考究，平常人家也能做几道风味菜，汪曾祺长于烹调，也就一点不奇怪了。一个星期天，邓友梅、林斤澜等登门到汪家，作家们主动提出要"检验检验"汪曾祺的手艺如何。为了满足老朋友的要求，汪老"洗手做羹汤"，亲自到厨房操起铲子为他们做了几道菜。席间，邓友梅、林斤

林斤澜、汪曾祺、邓友梅（由左至右）是20世纪50年代开始的挚友

澜对桌上色、形、味俱佳的菜夸赞不已，称他做的菜与他的小说一样，是"高味"。邓友梅、林斤澜因饱了口福而洋洋得意，到处宣扬这次家宴，很快"汪曾祺是美食家"的消息便在北京作家中迅速传开了。消息灵通的李沈还向外地的作家、评论家绘声绘色地讲述这件事。女作家张洁为了能够品尝"汪美食家"的杰作，特地准备邀请汪老到她家去做一桌菜，价格勿论，汪老则答应以后一定请她的客。一时北京文学界以至出版界、饮食界成为美谈，竟然有一家出版社约请汪曾祺撰写一本菜谱，有的烹饪学会邀请他担任顾问。

今年四月初，我们到汪老家拜访时，谈到上述趣事之后，汪老哈哈大笑，并说，他的业余生活非常丰富，写小说，写散文，写诗，画国画，练书法，烹调只是业余爱好之一（他的工作是写京剧剧本）。我们又询问他，那一天招待邓友梅、林斤澜烧的什么菜，汪老说："还不是我们的家乡菜，平常得很，冰糖扒蹄，雪花豆腐，煮干丝……"哦，地道的扬州特色，高邮风味，就像他的《异秉》《大淖记事》《受戒》一样。汪老又说："做菜要有原料，他们来的那一天，我家里正巧有，要不，可就要露了馅哪！就像写小说一样……"

淡的魅力

　　——谈汪曾祺的《晚饭花》

　　在汪曾祺书房的书橱顶上，放着一摞中国画，尺码大小不一，大都是一些小品，山水树林、鱼鸟虫鼠皆有，"没有颜色，只有墨，从渴墨焦墨到浅得像清水一样的淡墨"，偶或见到一星红点，一叶菠菜绿，却意味深长，耐人寻味。当我们询问汪老在绘画上有何追求时，他似乎答非所问，"平平淡淡的"。

　　汪曾祺也是一个平平淡淡的人。

　　他已经六十有五了，在魁梧的北方人看来是个"小老头"。

　　汪曾祺的根在哪里？他的根扎在家乡苏北、高邮，他出生成长的那个县城曾出过秦少游、王西楼、王念孙等文学、朴学之杰。在文化地域上，高邮界于吴越文化与中原文化之间，故色彩既斑驳绚丽，又古朴深沉。作为一种地域文化，是整个民族文化整体的一个部分，包容了较为丰富的内涵。特定的文化是历史积淀的产物，势必又影响到一种文化心理的形成和发展。汪曾祺的《晚饭花集》侧重展现苏北文化的特质，挖掘并凸显沉淀于文化表象之中的文化心理、文化性格。汪曾祺是描绘风俗画的高手，他对风俗的观察之细超过民俗学家，描写时因而也就颇似庖丁解牛，游刃有余。《晚饭花集》中，无论是赛城隍的热闹景象，还是三姊妹出嫁时的种种礼节仪式，作家都那么谙熟，仿佛是在主持操纵，与这些民俗相适应的人物便在这样一种气氛中出场了。更夫李三、踩高跷的瓦匠陈四、水手陈泥鳅、产科医生陈小手、水果贩子叶三、皮匠高大头、教师高北溟……他们的存在就代表了一种文化，一种感人至深、触人启悟的文化精神。

有人把汪曾祺小说中表现的小生活概括为"苦趣"，其实，笼罩汪曾祺小说的似乎不仅仅是苦中求趣的旨意。"苦趣"的结论似乎是为了解释那些写解放军的小说为什么不黑暗如磐、血雨腥风，反而那么诗情画意，是不是美化旧社会？用"苦趣"似乎可以避免这种责备，捍卫汪曾祺小说在初现新时期文坛时的合法地位。但终不免有些勉强。《晚饭花集》一个突出的主题：在特定的地域文化背景下表现普通人们的精神追求。《鉴赏家》中叶

汪曾祺在书房

三的生活显然既不清苦也不富足，但他对艺术的真知和挚爱，无
疑表现了下层人民的优美情趣和不凡智慧，以及他对民族、民间
艺术的向往和捍卫。叶三，显然是乡土文化的一面旗帜。《徙》
中的校歌："西挹神山爽气，东来邻寺疏钟……"强烈地渗透出
地域文化的精髓。高北溟、高雪父女俩，一个企图为老师刻印诗
文集未果而抱憾终身，一个因不能腾飞到更大的生存天地里而忧
郁至死，反映了一种文化需求与社会局限的矛盾，从而构成了一
出文化心理悲剧。在《钓鱼的医生》中，王淡人急公好义，不惜"拿
一条命换一块匾"，为鸦片鬼汪炳沉搓背，表面上看，似乎出于
医德，实际上是拯救一个堕落之人。如果结合文化前景来看，其

实是儒家仁爱济世思想的反映，是王淡人这样受传统文化熏陶的下层知识分子文化性格的具现。"人情如药"固然是他的一种追求，而济世传承也是他的追求，二者是和谐一致的。

地域文化是一个十分复杂的综合体，真善美与假恶丑并存，健康与消极往往混合在一体，阻碍社会。《晚饭花集》也展现了与上述文化形态不同的另一个层次：封建、闭锁、顽固。《陈小手》是写一个男产科医生为"联军"团长太太接生的故事。为团长太太救出性命的陈小手反而被团长一枪打死了，实在有些意外，但亦在情理之中。陈小手虽然死于一个凶残野蛮的军官枪下，实际死因正是他自己的"小手"——男性的"老娘"。"大户人家，不到万不得已，是不会请他的。"如此浓厚的封建意识，如此愚昧的文化心态，吞噬了陈小手。汪曾祺不动声色地展现了这一悲剧，对于这种落后文化心理给予深刻的否定和批判。

《晚饭花集》的艺术魅力，还在于作家独具匠心的艺术构造。作为一种"风俗——文化"小说，《晚饭花集》没有人们习见的跌宕起伏的故事情节，几乎是生活原始形态的"复制"（叶三、高北溟、高大头、王淡人等都是以真实人物为基础进行创造），近乎实录文学。但这种平淡无奇的小说，不是题材的贫乏、语言的单调、才华的枯萎，而是体现了作者较高的艺术造诣，是行云流水、随物赋形、文理自然、姿态横生，是艺术修养达到炉火纯青之后才能达到的境界。淡泊平和，

汪曾祺《晚饭花集》书影

是艺术人格的正经气象。只有这样，才能"行于所当行，常止于不可不止"。《晚饭花集》在平淡之中蕴含了不平凡的意味，在淡淡的叙述中散发强烈的诗意。《晚饭花》描写的是王玉英没有爱情的婚姻的悲剧，作家是从一个侧面，以中学生李小龙的眼睛来表现"美"的消逝、毁灭，淡淡的惆怅之中抒发了对封建婚姻的愤懑。虽然没有惊人的"豹尾"，但感染力如此强烈，可真谓平中见奇，淡中见浓，平淡的外表包蕴着浓烈的内涵。

汪曾祺风俗小说评论

汪曾祺自 1982 年出了他新时期第一本小说集后，今年又向读者奉献了第二本小说集《晚饭花集》。这本小说集，大都写他的故乡风土人情，是特别的小乡小城风俗画。

精神气质的写照

汪曾祺从写作"四十三年前的一个梦"——《受戒》，到近作《故里三陈》，在民俗生活浓郁淳厚的气息中，他的故乡——苏北小城的人物连贯而出，组成了一个完整的系列。这些人物都是处在社会下层的劳动者。作者似乎无意于直接刻画他们，而是以极富诗情画意的笔触，勾勒了水乡小城民俗生活环境，让他们活动于其间，从中点染出人物性格特征来。这就是作者所谓的"气氛即人物"。通过小城社会独具韵味的风俗人情，我们结识了"小和尚"明海、英子、巧云、十一子以及兴化帮的锡匠们，还结识了熏烧摊主王二，保全堂药店陈相公，果贩叶三，高跷好手陈四，等等。这些性格各异、脾性特别的平凡人物，以其鲜明的神采，给我们留下了难忘的印象。

民俗是构成社会全部生活必具的、核心的因素。"每一个民族的特殊性……就在于宗教、语言，尤其是习俗……习俗构成着一个民族的面貌……"别林斯基的这段论据指出了民俗在社会生活中的地位和作用。考察民俗的产生、形成和发展，它往往首先是某一民族或地区的人们某种生活理想（意识）的物质化，而后以一定形式固定并流传下去。它水乳交融地渗透了一个民族或地区的人们的共同具有的精神气质，而且随着时代的变迁，又以新的内容充实或者更换这种精神气质。汪曾祺是一个有着深刻的艺术眼光的作家，他注意到了这一点，在其创作中，借民俗描写，挖掘了民俗所具有的深邃的社会内容，从而使作品增强了艺术感染力。因此，我们不仅可以从个性特征上了解汪曾祺笔下的小城人物，而且可以从共性的角度挖掘作者精心创造这些人物的普遍意义和社会审美价值。

《岁寒三友》中举城狂欢焰火，被作者写得绘声绘色。这固然是一场水祸不期然避免之后的盛况的重笔铺叙，但作者并不是作"开平旱象"之粉饰。这里的人们原有放焰火、观焰火的传统，他们是把这种活动当隆重的节日对待的。作为一种习俗的历史遗留，只不过在那种偶然转祸为福的时候，表现得比过去更加强烈罢了。小城的笑声、欢乐是难得的，在旧社会重压下艰辛生活着的下层劳动者，把看焰火当作暂时的慰藉，来补偿生活的许多不幸（诸如水灾、旱灾、兵灾等）。他们是良善的，安分守己的，即使是短暂的宁静、和平生活，也使他们心理上获得极大的满足。这就是作品的民俗描写向我们展示的小城普通劳动者的精神素质。这种精神素质，在过去的那个年代，其代表性和普遍性是显见的。

《大淖记事》作为汪曾祺最为成功的作品，民俗生活也是写得最为丰富翔实和最见深度的。一方面，"大淖"人的风气是肯做、能吃，爱唱戏，爱博钱……这些都显示了他们的勤劳和朴质，以及他们安贫若素的思想；另一方面，则远非如此单纯。当十一子女人被刘号长摧残以后，老锡匠带领他的徒弟们举行了顶香游行。我们知道，这也是一种旧风俗，是封建社会劳动人民希望有"清官"为民做主的愿望的传统表现。这种做法被老锡匠袭用了，当作与恶势力斗争的武器。在那样的时代，虽然它并不切实际，然而无声的示威，甚至可以用香火烧掉县

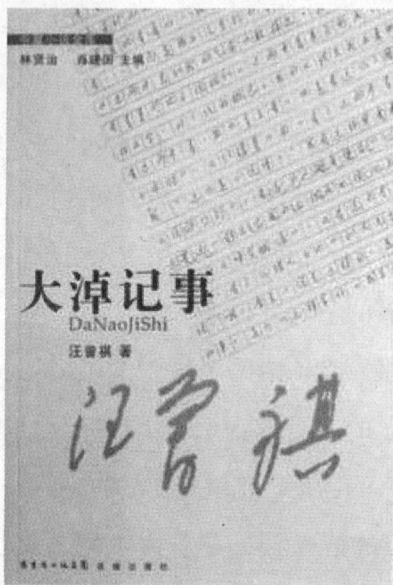

汪曾祺《大淖记事》书影

街，正是被压迫者不堪忍受压迫、奋力反抗的本质反映。显然，在这篇小说中，"大淖"人精神气质有着两个不同的而又统一的侧面，互为表里，深刻地揭示了社会生活的某些底蕴。

汪曾祺小说的民俗描写成功地揭示了劳动人民的精神气质，说明了作家艺术世界的特殊性和深刻性，也体现了作家在开拓生活方面的成就。而从民俗描写本身来看，无疑也证明了它所蕴藏的强大的艺术张力。一个民族有一个民族的文学，其显著特征主要就是以它的民族的精神气质为其内核。汪曾祺描写民俗，其意义最终当归结为他是建立自己的民族性风格这一点上。对当前所有尝试民俗风味小说创作的其他作家而言，也可以因此得到有益的启示。

明净的审美观念

民俗是一种复杂的社会现象，陈旧的和新鲜的，健康的和丑陋的，混合在一起，文学作品能否正确地描写它们，往往标示作家审美情趣的高下。汪曾祺以一种洞若观火的现实主义目光审视鉴别生活里形形色色的民俗，加以选择提炼和净化处理，因此他笔下的风俗民情往往都洋溢着或古朴淳厚、或淡雅清秀的诗意美，反映了一种明净的审美观念。

这种审美观首先表现在对那些内容健康、情调高尚的民俗生活的描写上。汪曾祺非常乐于也善于描写这类民俗，他运用诗化的手法将这类本身就是美的民俗描写得诗情画意、情景交融，有时还朦朦胧胧隐约透着一层理想的光晕。《受戒》里面打场子的画面，《故里三陈·陈四》踩高跷的热闹场景，《岁寒三友》放焰火的情景，都于诗情画意之中表现了人们优美的情愫，体现着人们的欢乐与激情。这种是在经过作家诗意的认

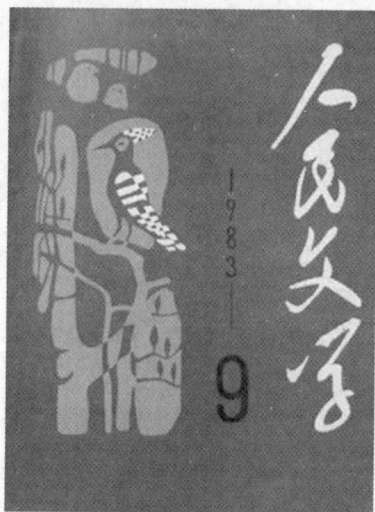

汪曾祺小说作品《故里三陈》首发杂志

识之后进入作品，才会显得那么鲜明、强烈、和谐、悠扬。

一般说来，健康的、积极的、高尚的民俗生活容易写出诗意，具有一种动人的艺术魅力。作家易于驾驭处理好这些生活素材，读者愿意欣赏这类艺术描写。然而，民俗的杂色使作家不能避免那些也许属于消极的、病态的被称之为"丑"的民俗现象，尤其是描写旧时代题材的小说，民俗往往与陋规、恶习等成分联系，增加作家描写的难度。

怎样描写这类民俗最能显示作家的艺术处理能力和美学境界的高低？少数作者不是从艺术出发，而从媚俗猎奇出发，用自然主义的烦琐细节来诱惑以至俘虏读者。在他们手里，"丑"的民俗成了他们刺激读者的调味品，严重损害了读者的胃口。汪曾祺对这类"丑"的民俗的描写，是在正确认识和准确把握的前提下，通过明净美学观念的过滤，从小说的整体上出发，表现得颇有节制和限度，使之具有较强的美学价值。《大淖记事》中的大淖人家婚嫁极少明媒正娶，在男女关系上比较随便，媳妇自己跑上门，姑娘在家养私生子，一个媳妇，在丈夫之外，还要"养"一个。"这里的女人和男人好，还是恼，只有一个标准，情愿。"这在世俗的眼光中，当然是大逆不道的事情。可是作家写来，并没有给人"丑"的感觉，什么原因？作者摒弃了陈腐的道德观和世俗偏见，以生活的眼光作了返璞归真的反映，

汪曾祺《受戒》书影

通过艺术的熔裁，使之成为健康的表现。十一子与巧云的爱情，进一步证明大淖下层人民的人生态度也是很美的。《受戒》里描写了一种异样的生活，有些"杂"，具有不可替代的区域色彩。"荸荠庵"内外僧侣生活，有些人不以为然，认为这些和尚的行为和习惯不那么规矩，不符合道德，是一种"丑"的表现，至于小和尚谈恋爱，那更是"情调不健康"。是的，我们不否认这种民俗生活照正统的观念来看有其畸形的一面，有其变态性，但作家并没有要展览僧尼生活，而是将这种民俗作为一种基调，以此表现那里的人们完全不同于正统规范的新道德观念及其一种按他们的理解实行着的生活愿望。因而，明海和小英子之间萌发的爱情才显得那么自然，那么合乎人性，充满了健康的人情美。而没有有些人所说的"感到刺激"，也不是宣扬什么"色空观"。

汪曾祺非常热爱故乡的风俗民情，但是并没有在作品里盲目地不加筛选地罗列一切，而是从作品的艺术整体出发，精心选择运用。他在创作短篇小说《大淖记事》时曾想到故乡有一种为溺死者招魂的"放荷灯"旧俗，这一民俗带着明显的迷信色彩，是"丑"的，但是夜色下的河面，荷灯点点，随波浮动的景致写起来很美。倘若一个唯美主义者或者缺少正确美学思想的作者，很可能良莠混杂，大加渲染和铺陈，但汪曾祺考虑再三还是舍弃了，他觉得如果写进去，总不是滋味。对巧云、十一子等大淖人物将是一种损害，一个赘疣，就会削弱作品的思想性和艺术性。作家清楚地看到，这种美丽的外表掩盖下的"丑"的民俗现象，不是不可写，但是因为在作品里不具备美学意义，反而有损于作品，舍弃才是对艺术的忠实。因此，汪曾祺描写民俗生活的成功，是明净的美学观指导下准确"把握"的结果。

汪曾祺这种明净的美学观念，简单地说，就是以现实主义的创作原则为武器，对民俗描写进行美学鉴别，使美的民俗呈现着诗意的光辉，描写那些"丑"的民俗生活时，抹去蒙蔽在它们之上的世俗尘埃，清理荒杂，剔除糟粕，并能透过一般的生活形式挖掘，显现美的内容。这种经验对于其他类型的生活内容也有同样的参考价值和一定的指导意义。

"自然"的艺术格调

汪曾祺推崇苏东坡的"文理自然，姿态横生"的创作观，他追求行云流水、信马由缰的自然美，而民俗描写恰恰适宜于创造这种境界。因此，民俗描写是汪曾祺小说自然的艺术格调形成的一个重要因素。

民俗本身是非戏剧性的，没有多少曲折的情节，它与生活本身一样自然朴质，它的约定俗成性使之杜绝一切人工开凿的痕迹。汪曾祺不爱写故事性强的小说，他认为生活就是散文，也就难怪他那么重视民俗生活的描写了。他的以故乡高邮为背景的小说如数家珍地叙述了里下河一带的风俗民情，没有多少离奇的故事，而其他小说亦如此，在这些小说中他俨然是一个"当地通"，带你去认识该地的事和人。这些小说都有一个共同的特点，全篇没有一个完整的中心故事情节，由一个个生活片断（民俗占重要比例）联缀而成，组合成为一幅民俗色彩很浓的生活画面，在选材上也常以真人真事为基础进行艺术创造。因此，汪曾祺的小说按生活真实面貌描写，是纯生活化的，是"真格儿的"充分的现实主义。

在艺术形式上，民俗描写使汪曾祺的小说具有一种散文美。他吸取散文灵活多变、运用自如的艺术特点，不拘一格地描写民俗生活。由于民俗本身不具备故事性，传统的小说技法已不能使之得到充分表现，帮汪曾祺大篇幅地运用叙述语言（这历来是小说创作的大忌），娓娓道来，介绍民俗，或侉或谐，或方或白，或骈或散，显得非常潇洒，"行于所当行，止于所不可不止"，具有一种独特的艺术情趣，呈现出活泼自然的散文美。结构上，民俗描写也适宜于散文式样，它不需依据故事情节的发展而发展，它是生活的插曲，要伴随人物的情绪出现。从某种程度上说，民俗描写促使汪曾祺创造了像大树一样自然生长的艺术结构，结构的独特性是汪曾祺小说的重要特点。短篇小说《大淖记事》花了整整三节笔墨描写大淖的民俗，占了整个篇幅的五分之二，单独成篇是个挺不错的风俗小品。初一看似乎是赘笔，可以省去，但仔细推敲品嚼，就会发现这种结构的摆布是独特的，它为巧云和十一子的爱情故事创造了气氛。倘

汪曾祺其他小说书影

若没有这一部分，意味就会大减。其他像《故里三陈》《故里杂记》等篇的民俗描写在结构上都起着举足轻重的作用，有着不能抹去的特殊地位。这些散文化的结构为作家任意挥洒、发挥艺术才智提供了更大的回旋余地。当然，汪曾祺小说的散文美，因具有多方面的原因才得以形成，但民俗描写是其中不可忽略的一个重要因素，在创作过程中起促进的作用。

　　汪曾祺的小说常常以意境胜。我们认为，这亦是他的作品所以与传统的以情节为标志的小说不同的原因。稍稍作一些回顾就知道，当年孙犁写作"荷花淀"小说，呈现了散文化的艺术特征，就在于他善于写优美的意境。对照起来看，孙犁主要是以自然景物的描绘造意境，而汪曾祺虽也写自然风光，但更多的还是靠民俗生活的描写。由于作家精心描写民俗人情，因而，我们无论是读"荸荠庵"周围、"大淖"的田园生活，还是读如《异秉》《八千岁》等的市井生活，都仿佛置身于一种特别的境界里，而深深地被感染。设若我们抽去民俗生活的内容，那么这种特别的境界也就不复存在了。为什么民俗描写会有如此的艺术功能呢？这是因为民俗本身就是一种独特的生活画面，它一旦为作家所选择，就必然以其特殊的色彩调和到作品的整体基调中，而发挥积极作用，显示出优美来。同时，又因为民俗所包含的内容特别丰富凝炼，作家尽管在描写时多随意点染，但是它却以其鲜明的典型的环境这样一种身份，独立地担负起艺术表达的任务。所以，民俗生活能够构成小说的意境。既然如此，我们不难看出，民俗描写对汪曾祺努力达到自己所追求的艺术目标起的帮助作用。

总之，汪曾祺小说"自然"的艺术格调，包含了内容的生活化、形式的散文化和艺术表现的意境化这三方面的内容。而这三点，与他审视并积极描写民俗生活是紧密地联系在一起的。

在当代小说家中，汪曾祺是颇有影响的。以他的生活阅历、学识才力，想来尚可以跻身于未来的"大家行列"。但是，我们也不无担忧，汪曾祺目前所追求的民俗特点，是否会限制或阻遏他的创作个性的长足发展和不断丰富呢？譬如，他迄今为止，只有短篇，尚无中篇长篇。当然，写短篇，也可以成为大家。然而，对于任何一个作家而言，当他形成了一种创作风格以后，常会使自己进入某种封闭状态之中。既要保持已有风格特色，又能突破自我封闭，这样的作家才有长久的艺术生命力。

（系与费振钟、陆晓声合作）